OSCAR
MODERNI

Scuola di Barbiana

LETTERA A UNA PROFESSORESSA

Postfazione di Alberto Melloni

con uno scritto di Pietro Citati

I edizione Oscar Moderni giugno 2017

ISBN 978-88-04-68392-6

Questo volume è stato stampato
presso ELCOGRAF S.p.A.
Stabilimento - Cles (TN)
Stampato in Italia. Printed in Italy

Anno 2018 - Ristampa 2 3 4 5 6 7

librimondadori.it
anobii.com

Credere, disobbedire, lottare

di Pietro Citati

Lorenzo Milani nacque il 27 maggio 1923, a Firenze, da una famiglia ricca e colta. Il ramo paterno apparteneva all'alta borghesia fiorentina: quello materno discendeva dal mondo intellettuale ebraico russo e mitteleuropeo. Don Milani non parlò mai, per tutta la vita, delle proprie ascendenze ebraiche. Ma si sentiva profondamente colpevole della ricchezza e della cultura che l'avevano nutrito. Odiava con ferocia la borghesia, di cui pensava di essere erede e complice; e la proprietà agricola e finanziaria, che voleva abolire.

La sua vocazione religiosa si rivelò relativamente tardi. Dopo una giovinezza indifferente, torturata dalle malattie, a diciannove anni lesse per la prima volta il testo della messa; e scrisse a un amico: «Ho letto la messa. Ma sai che è più interessante dei *Sei personaggi*?». Si mise a leggere i Vangeli e i testi liturgici. Quando diede l'ultimo saluto a un sacerdote moribondo, disse a un amico: «Io prenderò il suo posto». Con la sua abituale violenza fece «un'indigestione di Gesù Cristo»; e cominciò la sua tumultuosa scalata al cielo, negando se stesso con una pervicacia che ricordava quella del tardo Tolstoj. Lasciò una ragazza che amava. Entrò in seminario il 9 novembre 1943: fu nominato sacrestano; le funzioni gli piacevano moltissimo. «Quando uno liberamente regala la sua libertà, è più libero di uno che è costretto a tenersela. Chi regala la propria libertà si libera dal peso di portarla.» Amava l'obbedienza: voleva in primo luogo obbedire. Amava la sua tonaca da seminarista. Realizzò il proprio sogno diventando prima ostiario e poi sacerdote il 13 luglio 1947.

Non aveva nessun dubbio religioso: detestava tutto ciò che era eretico, o aveva un, sia pure vago, profumo di protestantesimo. Non poneva domande teologiche. A più riprese scrisse: «Sono severamente ortodosso e disciplinato. Nessuno può accusarmi di eresia o di indisciplina. Sono parte viva della Chiesa... Non potrei vivere un minuto se non avessi questa garanzia dell'obbedienza al vescovo. La salvezza si trova solo attraverso la Chiesa. La religione vera è quella cattolica: perché c'è il Libro che viene dall'alto, e l'interpretazione del Libro che viene dall'alto. Obbedisco ciecamente. Sono figlio divoto della Chiesa. Accetterei dalla Chiesa qualsiasi umiliazione».

Con violenza e disperazione don Milani cercò di definire se stesso, e presto disegnò la propria figura, per sé e per gli altri. Amava, forse per eredità famigliare, il «rigore scientifico»: ma lo fondeva con la passione e il sarcasmo. Era duro, aspro, intollerante, intransigente: affilato e sprezzante. La sua vita doveva essere «grave e pensosa», senza oscillazioni, fughe e divertimenti, che odiava come li odiava Pascal. Voleva soggiogare se stesso e gli altri. Non accettava consigli di prudenza e di moderazione. Viveva ogni minuto nella massima tensione. Come scrisse Anna Maria Ortese, il suo viso rivelava un profondissimo disprezzo, per nessuno in particolare, ma per qualcuno e qualcosa di ignoto. Non era isolato, perché «un prete isolato non serve a niente», ma una tra le tante rotelle «della grande macchina di Dio». Voleva pagare le proprie colpe, anche (e soprattutto) quelle immaginarie, che aveva inventato per torturarsi. Non era pessimista. Se avesse assunto il volto tragico della catastrofe, sarebbe stato segno che non credeva in Dio. Non rinunciava mai alle speranze e all'entusiasmo. Talvolta si compiaceva di essere un eroe, un protagonista della storia.

Come san Francesco (a cui non assomigliava), voleva imitare Gesù: diventare Gesù nel cuore indifferente del ventesimo secolo. Anche lui, come Gesù, era venuto a portare non la pace e la quiete, ma il fuoco, la spada, la violenza. Rinunciava a tutto: in primo luogo, al padre e alla madre. In due casi, era lontanissimo dai Vangeli. Se Gesù aveva detto «non giudicate, affinché non siate giudicati», lui valutava, analizzava, considerava, giudicava, talora senza pazienza e senza pietà. Se Gesù aveva detto che il suo giogo era leggero, lui, invece, voleva che il suo giogo fosse pesante e quasi intollerabile.

Nell'ottobre 1947 venne nominato cappellano a San Donato di Calenzano. Disse la prima messa: insegnò la dottrina ai ragazzi; infine fece scuola. Gli piaceva moltissimo. La scuola – non la mistica, alla quale non era affatto portato – fu la sua vocazione. La sua vera patria fu Barbiana, dove arrivò il 7 dicembre 1954: una punizione da parte della Chiesa; e don Milani accettò questa punizione, che fu per lui un profondissimo trauma, come un «giudizio dall'alto». Barbiana era un piccolo paese a 470 metri nella montagna del Mugello: aveva soltanto centotredici abitanti. Non c'erano luce né telefono: né posta, talvolta nemmeno pane: la terra era poverissima: cattive strade giungevano fin lassù; gli abitanti avevano la rigidezza dei montanari. Ma don Milani fu accolto con grande amore: appena giunto gli portarono latte, zucchero, caffè, tè, sale, riso, marmellata, insalata, verdura, cacao, frutta. Diventò parroco. Non volle mai lasciare Barbiana: «Ho sposato – scrisse – un popolo tutt'altro che fine, e non posso abbandonarlo come si abbandona un vestito usato». A Barbiana conobbe i poveri. Nel Vangelo non si parla di poveri, ma di mendicanti: coloro che si curvano e si rannicchiano per la paura, coloro che piangono col cuore spezzato, gli affamati, gli assetati, gli umiliati, i perseguitati, i coperti di piaghe, le vedove, gli orfani, gli schiavi; in una parola gli ultimi. Luca diceva: «Beati voi, poveri, perché vostro è il regno dei cieli». E Matteo: «Beati i poveri di spirito perché di essi è il regno dei cieli»: poveri di spirito sono coloro che rendono vuota la mente, liberandola da qualsiasi saggezza umana, in modo che la grazia divina scenda senza ostacoli dentro di loro.

Don Milani non parlò mai di «poveri di spirito»: un'idea che non amava; ma soltanto di poveri, i contadini e gli operai moderni. Divideva il mondo tra diseredati e oppressi da un lato, e privilegiati e oppressori dall'altro. Pensava che Dio avesse fatto tutti gli uomini poveri e ignoranti: ma gli uomini, non si sa come e perché, avevano creato i ricchi e i colti. Per i poveri, solo per i poveri, Gesù era sceso in terra ed era stato crocifisso. «Se i poveri saranno con te – don Milani diceva – anche Dio sarà con te, e se Dio sarà con te, di cosa hai paura?» Con il suo spirito utopico e apocalittico, pensava che i poveri avrebbero rifatto e ricreato il mondo. Alla fine, «il nostro mondo sbagliato verrà lavato in un immenso bagno di sangue».

Specialmente a Barbiana don Milani elaborò la sua idea di scuola. Essa era per lui la vera religione: non ne conosceva altra forma. La missione del prete era appunto questa: molto più che dire messa o predicare, doveva far scuola: sempre, tutto il giorno, sedici ore al giorno, estate e inverno, senza smettere mai. «Non mi sento parroco – diceva – che nel far scuola.» I ragazzi giungevano e si chiudevano nella povera stanza, illuminata dalla luce della candela, con i grandi occhi sgranati sui libri, tutti intenti alle sue parole, con la mente capace di intendere, e l'anima sensibile, attenta, aperta, piena di fede e di pensiero. In quella stanza – lui diceva – soffiava l'aria di Nazareth. La scuola era, per don Milani, la pupilla destra del suo occhio destro: «Una comunità religiosa, una loggia massonica, un casino, una comunità di apostoli, una cosa interamente sacra».

«Stanotte, non potendo dormire – scrisse negli ultimi anni – ho pensato che era meraviglioso vedere sgorgare dalla mia scuola un virgulto rigoglioso, con tutti i suoi gelosi segreti.» Non doveva esserci mai la cosiddetta «ricreazione»: l'orribile divertimento. La ricreazione era un peccato, con cui si sperperava uno dei più grandi doni di Dio. Niente partite di calcio: niente gioco a carte, niente gare ciclistiche, niente televisione, niente radio. Il divertimento era «un atto blasfemo», una forma di «ateismo attivo».

Don Milani era posseduto da un immenso sentimento paterno: amava quei giovani più della madre, più di Dio, davanti al quale stava in ginocchio, molto più dei libri che scriveva insieme a loro, più della Chiesa e del Papa. «Non vivo – diceva – che per farli crescere, per farli aprire, per farli sbocciare, per farli fruttare.» Con la sua fecondissima immaginazione, cresciuta a dismisura in quel luogo chiuso, immaginava ed escogitava infinite cose per loro. Leggeva libri, in primo luogo l'*Apologia di Socrate* e i Vangeli, ma anche l'autobiografia di Gandhi e le lettere del pilota che aveva gettato la bomba atomica su Hiroshima, e *Il Gattopardo*. Si fermava sulle parole, le sezionava, le faceva vivere come persone con una nascita e una trasformazione. Faceva recitare i *Sei personaggi* e *La giara* di Pirandello, *Il malato immaginario* di Molière e *La piccola città* di Thornton Wilder, Goldoni e *I promessi sposi*; colorare una carta della Palestina ai tempi di Cristo; proiettare *La corazzata Potëmkin*; ascoltare le sinfonie di Beethoven; guardare il cielo con un «enorme telescopio»; spiegare la Costituzione italiana; sviluppare fotografie; dipingere quadri; preparare vetrate per la piccola chiesa; vedere *Roma città aperta* e *Ladri di biciclette*; e ascoltare i discorsi di Churchill.

Non aveva mai avuto una buona salute: fin dalla giovinezza era passato di malattia in malattia; ma dopo il 1951 si avvicinò rapidamente alla malattia definitiva. La tisi lo assalì: cominciò a tossire, a sputare sangue e a vomitare:

ebbe i primi sintomi del morbo di Hodgkin che lo avrebbe portato alla morte: passò dal linfogranuloma alla leucemia mieloide, due malattie – diceva – ugualmente inguaribili: gli si gonfiarono le ghiandole del collo; soffriva di insonnia; venne sottoposto a irradiazioni di cobalto; per stare in piedi doveva appoggiarsi ai tavoli; non sopportava le medicine; aveva dolori tremendi; e finì per stare a letto tutta la settimana, alzandosi soltanto mezz'ora la domenica per dire la messa.

Non perse mai la propria violenza. Negli ultimi tempi ebbe un obiettivo: il cardinale Florit, arcivescovo di Firenze. Perse ogni pietà, ogni ritegno: parlò del suo comportamento «superficiale e crudele»; lo accusò di falsità e inganno; disse che era un indemoniato; e aveva voglia di scrivergli «sputando tutto il veleno», accumulato in lui. Ma comprese di aver passato il segno. Era solo: nemmeno la madre venne a trovarlo a Barbiana, perché – lui diceva – aveva bisogno dei giornali, del telefono, della luce, delle amiche. Ormai era tempo di morire. Passò gli ultimi giorni a casa della madre, a Firenze, a letto. La lingua gli si era gonfiata, al punto che non poteva parlare: comunicava con brevi biglietti. Il 18 maggio 1967 inghiottì il viatico: il giorno dopo, disse, non avrebbe più potuto inghiottirlo. Sempre muto, morì il 26 giugno 1967. La salma venne sepolta nel cimitero di Barbiana: Barbiana dalla quale riuscì dunque a non separarsi mai.

Lettera a una professoressa

Si riproduce qui fedelmente in tutte le sue particolarità testuali e grafiche la prima edizione di *Lettera a una professoressa*, LEF, Firenze 1967. Il colore rosso presente in tavole, grafici, tabelle e immagini dell'edizione originale è stato convertito in grigio. Analogamente, alle pp. 142-3, diverse tonalità di grigio sono state usate per rendere quella che nell'edizione originale fino al 1974 era la «tabella a colori»; il giallo a cui si fa riferimento nel testo a p. 37 è stato qui trasformato in grigio con un tratteggio diagonale.

QUESTO LIBRO NON È SCRITTO PER GLI INSEGNANTI, MA PER I GENITORI. È UN INVITO A ORGANIZZARSI.

A PRIMA VISTA SEMBRA SCRITTO DA UN RAGAZZO SOLO. INVECE GLI AUTORI SIAMO OTTO RAGAZZI DELLA SCUOLA DI BARBIANA.

ALTRI NOSTRI COMPAGNI CHE SONO A LAVORARE CI HANNO AIUTATO LA DOMENICA.

DOBBIAMO RINGRAZIARE PRIMA DI TUTTO IL NOSTRO PRIORE CHE CI HA EDUCATI, CI HA INSEGNATO LE REGOLE DELL'ARTE E HA DIRETTO I LAVORI.

POI MOLTISSIMI AMICI CHE HANNO COLLABORATO IN ALTRO MODO:

PER LA SEMPLIFICAZIONE DEL TESTO, VARI GENITORI.

PER LA RACCOLTA DEI DATI STATISTICI, SEGRETARI, INSEGNANTI, DIRETTORI, PRESIDI, FUNZIONARI DEL MINISTERO E DELL'ISTAT, PARROCI.

PER ALTRE NOTIZIE, SINDACALISTI, GIORNALISTI, AMMINISTRATORI COMUNALI, STORICI, STATISTICI, GIURISTI.

Parte prima

LA SCUOLA DELL'OBBLIGO NON PUÒ BOCCIARE

Cara signora,

lei di me non ricorderà nemmeno il nome. Ne ha bocciati tanti.

Io invece ho ripensato spesso a lei, ai suoi colleghi, a quell'istituzione che chiamate scuola, ai ragazzi che «respingete».

Ci respingete nei campi e nelle fabbriche e ci dimenticate.

la timidezza

Due anni fa, in prima magistrale, lei mi intimidiva.

Del resto la timidezza ha accompagnato tutta la mia vita. Da ragazzo non alzavo gli occhi da terra. Strisciavo alle pareti per non esser visto.

Sul principio pensavo che fosse una malattia mia o al massimo della mia famiglia. La mamma è di quelle che si intimidiscono davanti a un modulo di telegramma. Il babbo osserva e ascolta, ma non parla.

Più tardi ho creduto che la timidezza fosse il male dei montanari. I contadini del piano mi parevano sicuri di sé. Gli operai poi non se ne parla.

Ora ho visto che gli operai lasciano ai figli di papà tutti i posti di responsabilità nei partiti e tutti i seggi in parlamento.

Dunque son come noi. E la timidezza dei poveri è un mistero più antico. Non glielo so spiegare io che ci son dentro. Forse non è né viltà né eroismo. È solo mancanza di prepotenza.

la pluriclasse

Alle elementari lo Stato mi offrì una scuola di seconda categoria. Cinque classi in un'aula sola. Un quinto della scuola cui avevo diritto.

È il sistema che adoprano in America per creare le differenze tra bianchi e neri. Scuola peggiore ai poveri fin da piccini.

scuola dell'obbligo

Finite le elementari avevo diritto a altri tre anni di scuola. Anzi la Costituzione dice che avevo l'obbligo di andarci. Ma a Vicchio non c'era ancora scuola media. Andare a Borgo era un'impresa. Chi ci s'era provato aveva speso un monte di soldi e poi era stato respinto come un cane.

Ai miei poi la maestra aveva detto che non sprecassero soldi: «Mandatelo nel campo. Non è adatto per studiare».

Il babbo non le rispose. Dentro di sé pensava: «Se si stesse di casa a Barbiana sarebbe adatto».

Barbiana

A Barbiana tutti i ragazzi andavano a scuola dal prete. Dalla mattina presto fino a buio, estate e inverno. Nessuno era «negato per gli studi».

Ma noi eravamo di un altro popolo e lontani. Il babbo stava per arrendersi. Poi seppe che ci andava anche un ragazzo di S. Martino. Allora si fece coraggio e andò a sentire.

il bosco

Quando tornò vidi che m'aveva comprato una pila per la sera, un gavettino per la minestra e gli stivaloni di gomma per la neve.

Il primo giorno mi accompagnò lui. Ci si mise due ore perché ci facevamo strada col pennato e la falce. Poi imparai a farcela in poco più di un'ora.

Passavo vicino a due case sole. Coi vetri rotti, abbandonate da poco. A tratti mi mettevo a correre per una vipera o per un pazzo che viveva solo alla Rocca e mi gridava di lontano.

Avevo undici anni. Lei sarebbe morta di paura. Vede? ognuno ha le sue timidezze. Siamo pari dunque.

Ma solo se ognuno sta a casa sua. O se lei avesse bisogno di dar gli esami da noi. Ma lei non ne ha bisogno.

i tavoli

Barbiana, quando arrivai, non mi sembrò una scuola. Né cattedra, né lavagna, né banchi. Solo grandi tavoli intorno a cui si faceva scuola e si mangiava.

D'ogni libro c'era una copia sola. I ragazzi gli si stringevano sopra. Si faceva fatica a accorgersi che uno era un po' più grande e insegnava.

Il più vecchio di quei maestri aveva sedici anni. Il più piccolo dodici e mi riempiva di ammirazione. Decisi fin dal primo giorno che avrei insegnato anch'io.

il preferito

La vita era dura anche lassù. Disciplina e scenate da far perdere la voglia di tornare.

Però chi era senza basi, lento o svogliato si sentiva il preferito. Veniva accolto come voi accogliete il primo della classe. Sembrava che la scuola fosse tutta solo per lui. Finché non aveva capito, gli altri non andavano avanti.

la ricreazione

Non c'era ricreazione. Non era vacanza nemmeno la domenica.

Nessuno di noi se ne dava gran pensiero perché il lavoro è peggio. Ma ogni borghese che capitava a visitarci faceva una polemica su questo punto.

Un professorone disse: «Lei reverendo non ha studiato pedagogia. Polianski dice che lo sport è per il ragazzo una necessità fisiopsico...».*

Parlava senza guardarci. Chi insegna pedagogia all'Università, i ragazzi non ha bisogno di guardarli. Li sa tutti a mente come noi si sa le tabelline.

Finalmente andò via e Lucio che aveva 36 mucche nella stalla disse: «La scuola sarà sempre meglio della merda».

i contadini nel mondo

Questa frase va scolpita sulla porta delle vostre scuole. Milioni di ragazzi contadini son pronti a sottoscriverla.

Che i ragazzi odiano la scuola e amano il gioco lo dite voi. Noi contadini non ci avete interrogati. Ma siamo un miliardo e novecento milioni.** Sei ragazzi su dieci la pensano esattamente come Lucio. Degli altri quattro non si sa.

Tutta la vostra cultura è costruita così. Come se il mondo foste voi.

ragazzi maestri

L'anno dopo ero maestro. Cioè lo ero tre mezze giornate la settimana. Insegnavo geografia matematica e francese a prima media.

Per scorrere un atlante o spiegare le frazioni non occorre la laurea.

Se sbagliavo qualcosa poco male. Era un sol-

* *Polianski* = non sappiamo chi sia, ma sarà un famoso educatore.
pedagogia = arte di educare i ragazzi.
fisiopsico... = metà di un parolone che adoprò quel professore e che non ricordiamo intero.
** Abbiamo contato nella cifra anche chi vive peggio dei contadini: cacciatori, pescatori, pastori («Compendium of Social Statistics» ONU New York 1963).

lievo per i ragazzi. Si cercava insieme. Le ore passavano serene senza paura e senza soggezione. Lei non sa fare scuola come me.

politica o avarizia

Poi insegnando imparavo tante cose.

Per esempio ho imparato che il problema degli altri è eguale al mio. Sortirne tutti insieme è la politica. Sortirne da soli è l'avarizia.

Dall'avarizia non ero mica vaccinato. Sotto gli esami avevo voglia di mandare al diavolo i piccoli e studiare per me. Ero un ragazzo come i vostri, ma lassù non lo potevo confessare né agli altri né a me stesso. Mi toccava esser generoso anche quando non ero.

A voi vi parrà poco. Ma coi vostri ragazzi fate meno. Non gli chiedete nulla. Li invitate soltanto a farsi strada.

I RAGAZZI DI PAESE

contorti

Dopo l'istituzione della scuola media a Vicchio arrivarono a Barbiana anche ragazzi di paese. Tutti bocciati, naturalmente.

Apparentemente il problema della timidezza per loro non esisteva. Ma erano contorti in altre cose.

Per esempio consideravano il gioco e le vacanze un diritto, la scuola un sacrificio. Non avevano mai sentito dire che a scuola si va per imparare e che andarci è un privilegio.

Il maestro per loro era dall'altra parte della barricata e conveniva ingannarlo. Cercavano perfino di copiare. Gli ci volle del tempo per capire che non c'era registro.

il galletto

Anche sul sesso gli stessi sotterfugi. Credevano che bisognasse parlarne di nascosto. Se vedevano un galletto su una gallina si davano le gomitate come se avessero visto un adulterio.

Comunque sul principio era l'unica materia scolastica che li svegliasse. Avevamo un libro di anatomia.* Si chiudevano a guardarlo in un cantuccio. Due pagine erano tutte consumate.

Più tardi scoprirono che son belline anche le altre. Poi si accorsero che è bella anche la storia.

Qualcuno non s'è più fermato. Ora gli interessa tutto. Fa scuola ai più piccini, è diventato come noi.

Qualcuno invece siete riusciti a ghiacciarlo un'altra volta.

le bambine

Delle bambine di paese non ne venne neanche una. Forse era la difficoltà della strada. Forse la mentalità dei genitori. Credono che una donna possa vivere anche con un cervello di gallina. I maschi non le chiedono d'essere intelligente.

È razzismo anche questo. Ma su questo punto non abbiamo nulla da rimproverarvi. Le bambine le stimate più voi che i loro genitori.**

Sandro e Gianni

Sandro aveva 15 anni. Alto un metro e settanta, umiliato, adulto. I professori l'avevano giudicato un cretino. Volevano che ripetesse la prima per la terza volta.

Gianni aveva 14 anni. Svagato, allergico alla lettura. I professori l'avevano sentenziato un delin-

* *libro di anatomia* = libro che adoprano gli studenti di medicina. Studia il corpo umano pezzo per pezzo.

** Per esempio nel 1962-63 in prima media furono promossi il 65,2% dei maschi e il 70,9% delle bambine. In seconda media il 72,9% dei maschi e l'80,5% delle bambine (Annuario Statistico dell'Istruzione 1965 pag. 81).

quente. E non avevano tutti i torti, ma non è un motivo per levarselo di torno.

Né l'uno né l'altro avevano intenzione di ripetere. Erano ridotti a desiderare l'officina. Sono venuti da noi solo perché noi ignoriamo le vostre bocciature e mettiamo ogni ragazzo nella classe giusta per la sua età.

Si mise Sandro in terza e Gianni in seconda. È stata la prima soddisfazione scolastica della loro povera vita. Sandro se ne ricorderà per sempre. Gianni se ne ricorda un giorno sì e uno no.

la Piccola Fiammiferaia

La seconda soddisfazione fu di cambiare finalmente il programma.

Voi li volevate tenere fermi alla ricerca della perfezione. Una perfezione che è assurda perché il ragazzo sente le stesse cose fino alla noia e intanto cresce. Le cose restano le stesse, ma cambia lui. Gli diventano puerili tra le mani.

Per esempio in prima gli avreste riletto per la seconda o terza volta la Piccola Fiammiferaia e la neve che fiocca fiocca fiocca.* Invece in seconda e terza leggete roba scritta per adulti.

Gianni non sapeva mettere l'acca al verbo avere. Ma del mondo dei grandi sapeva tante cose. Del lavoro, delle famiglie, della vita del paese. Qualche sera andava col babbo alla sezione comunista o alle sedute del Consiglio Comunale.

Voi coi greci e coi romani gli avevate fatto odiare tutta la storia. Noi sull'ultima guerra si teneva quattr'ore senza respirare.

* *La Piccola Fiammiferaia* = novella di Giovanni Cristiano Andersen scrittore danese del 1800.
La neve fiocca fiocca fiocca = verso di una poesia di Giovanni Pascoli.

A geografia gli avreste fatto l'Italia per la seconda volta. Avrebbe lasciato la scuola senza aver sentito rammentare tutto il resto del mondo. Gli avreste fatto un danno grave. Anche solo per leggere il giornale.

non ti sai esprimere

Sandro in poco tempo s'appassionò a tutto. La mattina seguiva il programma di terza. Intanto prendeva nota delle cose che non sapeva e la sera frugava nei libri di seconda e prima. A giugno il «cretino» si presentò alla licenza e vi toccò passarlo.

Gianni fu più difficile. Dalla vostra scuola era uscito analfabeta e con l'odio per i libri.

Noi per lui si fecero acrobazie. Si riuscì a fargli amare non dico tutto, ma almeno qualche materia. Ci occorreva solo che lo riempiste di lodi e lo passaste in terza. Ci avremmo pensato noi in seguito a fargli amare anche il resto.

Ma agli esami una professoressa gli disse: «Perché vai a una scuola privata? Lo vedi che non ti sai esprimere?» «.....».*

Lo so anch'io che Gianni non si sa esprimere.

Battiamoci il petto tutti quanti. Ma prima voi che l'avevate buttato fuori di scuola l'anno prima.

Bella cura la vostra.

senza distinzione di lingua

Del resto bisognerebbe intendersi su cosa sia lingua corretta. Le lingue le creano i poveri e poi seguitano a rinnovarle all'infinito. I ricchi le cristallizzano per poter sfottere chi non parla come loro. O per bocciarlo.

* A questo punto volevamo mettere la parola che ci venne alla bocca quel giorno. Ma l'editore non la vuol stampare.

Voi dite che Pierino del dottore scrive bene. Per forza, parla come voi. Appartiene alla ditta.

Invece la lingua che parla e scrive Gianni è quella del suo babbo. Quando Gianni era piccino chiamava la radio lalla. E il babbo serio: «Non si dice lalla, si dice aradio».

Ora, se è possibile, è bene che Gianni impari a dire anche radio. La vostra lingua potrebbe fargli comodo. Ma intanto non potete cacciarlo dalla scuola.

«Tutti i cittadini sono eguali senza distinzione di lingua.» L'ha detto la Costituzione pensando a lui.*

burattino obbediente

Ma voi avete più in onore la grammatica che la Costituzione. E Gianni non è più tornato neanche da noi.

Noi non ce ne diamo pace. Lo seguiamo di lontano. S'è saputo che non va più in chiesa, né alla sezione di nessun partito. Va in officina e spazza. Nelle ore libere segue le mode come un burattino obbediente. Il sabato a ballare, la domenica allo stadio.

Voi di lui non sapete neanche che esiste.

l'ospedale

Così è stato il nostro primo incontro con voi. Attraverso i ragazzi che non volete.

L'abbiamo visto anche noi che con loro la scuola diventa più difficile. Qualche volta viene la tentazione di levarseli di torno. Ma se si perde loro, la scuola non è più scuola. È un ospedale che cura i

* Veramente gli onorevoli costituenti pensavano ai tedeschi del Sud-Tirolo (Alto Adige), ma senza volerlo pensarono anche a Gianni.

sani e respinge i malati. Diventa uno strumento di differenziazione sempre più irrimediabile.

E voi ve la sentite di fare questa parte nel mondo? Allora richiamateli, insistete, ricominciate tutto da capo all'infinito a costo di passar da pazzi.

Meglio passar da pazzi che essere strumento di razzismo.

GLI ESAMI

le regole dello scrivere

A giugno del terzo anno di Barbiana mi presentai alla licenza media come privatista.

Il tema fu: «Parlano le carrozze ferroviarie».

A Barbiana avevo imparato che le regole dello scrivere sono: Aver qualcosa di importante da dire e che sia utile a tutti o a molti. Sapere a chi si scrive. Raccogliere tutto quello che serve. Trovare una logica su cui ordinarlo. Eliminare ogni parola che non serve. Eliminare ogni parola che non usiamo parlando. Non porsi limiti di tempo.

Così scrivo coi miei compagni questa lettera. Così spero che scriveranno i miei scolari quando sarò maestro.

il coltello nelle vostre mani

Ma davanti a quel tema che me ne facevo delle regole umili e sane dell'arte di tutti i tempi? Se volevo essere onesto dovevo lasciare la pagina in bianco. Oppure criticare il tema e chi me l'aveva dato.

Ma avevo quattordici anni e venivo dai monti. Per andare alle magistrali mi ci voleva la licenza. Quel fogliuccio era in mano a cinque o sei persone estranee alla mia vita e a quasi tutto ciò che amavo e sapevo. Gente disattenta che teneva il coltello dalla parte del manico.

Mi provai dunque a scrivere come volete voi.

Posso ben credere che non ci riuscii. Certo scorrevano meglio gli scritti dei vostri signorini esperti nel frigger aria e nel rifrigger luoghi comuni.

il complesso del trabocchetto

Il compito di francese era un concentrato di eccezioni.

Gli esami vanno aboliti. Ma se li fate, siate almeno leali. Le difficoltà vanno messe in percentuale di quelle della vita. Se le mettete più frequenti avete la mania del trabocchetto. Come se foste in guerra coi ragazzi.

Chi ve lo fa fare? Il loro bene?

gufi, ciottoli e ventagli

Il loro bene no. Passò con nove un ragazzino che in Francia non saprebbe chiedere nemmeno del gabinetto.

Sapeva solo chiedere gufi, ciottoli e ventagli sia al plurale che al singolare.* Avrà saputo in tutto duecento vocaboli e scelti col metro di essere eccezioni, non d'essere frequenti.

Il risultato è che odiava anche il francese come si potrebbe odiare la matematica.

il fine

Io le lingue le ho imparate coi dischi. Senza neanche accorgermene ho imparato prima le cose più utili e frequenti. Esattamente come s'impara l'italiano.

Quell'estate ero stato a Grenoble** a lavar piatti in una trattoria. M'ero trovato subito a mio agio.

* *gufi, ciottoli e ventagli* = queste tre parole in francese sono più difficili delle altre. I professori all'antica le fanno imparare a mente fin dai primi giorni di scuola.
** *Grenoble* = città della Francia.
ostelli = alberghi per la gioventù.

Negli ostelli avevo comunicato con ragazzi d'Europa e d'Africa.

Ero tornato deciso a imparare lingue a tutto spiano. Molte lingue male piuttosto che una bene. Pur di poter comunicare con tutti, conoscere uomini e problemi nuovi, ridere dei sacri confini delle patrie.

i mezzi

Nei tre anni delle medie noi avevamo fatto due lingue invece di una: francese e inglese. Avevamo un vocabolario sufficiente a reggere qualsiasi discussione.

Pur di non farla lunga su qualche sbaglio di grammatica. Ma la grammatica appare quasi solo scrivendo. Per leggere e parlare si può fare senza. Poi pian piano s'orecchia. Più tardi chi ci tiene può studiarla.

Del resto con la nostra lingua si fa così. Si riceve la prima lezione di grammatica dopo otto anni che si parla. Dopo tre che si legge e che si scrive.

Nei programmi nuovi son consigliati i dischi anche per voi. Ma i dischi vanno bene in una scuola a pieno tempo, dove le lingue si imparano per svago nelle ore di stanchezza. Un par d'ore al giorno sette giorni la settimana. Non tre ore la settimana come da voi.

Nelle vostre condizioni è meglio non adoprarli.

i castelli della Loira

Agli orali s'ebbe una sorpresa. I vostri ragazzi parevano pozzi di cultura francese. Per esempio parlavano con sicurezza dei castelli della Loira.*

Più tardi si seppe che avevano fatto soltanto quello in tutto l'anno. Poi avevano in programma alcuni brani e li sapevano leggere e tradurre.

* *Loira* = fiume della Francia.

Se fosse capitato un ispettore avrebbero fatto più figura loro di noi. L'ispettore non esce dal programma. Eppure lo sapete voi e lui che quel francese non può servire a nulla. E allora per chi lo fate? Voi per l'ispettore. Lui per il provveditore. E lui per il ministro.

È l'aspetto più sconcertante della vostra scuola: vive fine a se stessa.

arrivisti a 12 anni

Anche il fine dei vostri ragazzi è un mistero. Forse non esiste, forse è volgare.

Giorno per giorno studiano per il registro, per la pagella, per il diploma. E intanto si distraggono dalle cose belle che studiano. Lingue, storia, scienze, tutto diventa voto e null'altro.

Dietro a quei fogli di carta c'è solo l'interesse individuale. Il diploma è quattrini. Nessuno di voi lo dice. Ma stringi stringi il succo è quello.

Per studiare volentieri nelle vostre scuole bisognerebbe essere già arrivisti a 12 anni.

A 12 anni gli arrivisti son pochi. Tant'è vero che la maggioranza dei vostri ragazzi odia la scuola. Il vostro invito volgare non meritava altra risposta.

l'inglese

Nella classe accanto c'era una sezione d'inglese. Più ingannati che mai.

Lo so anch'io che l'inglese fa più comodo. Ma a saperlo. Non a cominciarlo appena come fate voi. Altro che gufi e ciottoli. Non sapevano dire neanche buonasera. E scoraggiati per sempre.

La prima lingua straniera è un avvenimento nella vita del ragazzo. Deve essere un successo, sennò guai.

Noi s'è visto che in pratica è possibile soltanto col francese. Ogni volta che capitava un ospite straniero che parlava francese c'era qualche ragazzo che scopriva la gioia di intendere. La sera stessa lo si vedeva prendere in mano i dischi di una terza lingua.

Il più l'aveva in mano: voglia, certezza che è possibile sfondare, mente già avviata nei problemi linguistici.

matematica e sadismo

Il problema di geometria faceva pensare a una scultura della Biennale: «Un solido è formato da una semisfera sovrapposta a un cilindro la cui superficie è tre settimi di quella...».

Non esiste uno strumento che misuri le superfici. Dunque nella vita non può accadere mai di conoscere le superfici e non le dimensioni. Un problema così può nascere solo nella mente di un malato.

etichette nuove

Nella Nuova Media queste cose non si vedranno più. I problemi partiranno «da considerazioni di carattere concreto».

Difatti la Carla quest'anno alla licenza ha avuto un problema moderno a base di caldaie: «Una caldaia ha la forma di una semisfera sovrapposta...» E di nuovo si parte dalle superfici.

Meglio un professore all'antica, d'uno che crede d'essere moderno perché ha mutato le etichette.

una classe di cretini

Il nostro era all'antica. Fra l'altro gli successe che nessuno dei suoi ragazzi riuscì a risolvere il problema. Dei nostri se la cavarono due su quattro. Risultato: ventisei bocciati su ventotto.

Lui raccontava in giro che gli era toccata una classe di cretini!

il sindacato dei babbi

A chi toccava tenerlo a freno?

Poteva farlo il preside o il consiglio dei professori. Non lo fecero.

Potevano farlo i genitori. Ma finché avrete il

coltello dalla parte del manico i genitori staranno zitti. E allora o levarvi di mano ogni coltello (voti, pagelle, esami) o organizzare i genitori.

Un bel sindacato di babbi e mamme capace di ricordarvi che vi paghiamo noi e vi paghiamo per servirci, non per buttarci fuori.

In fondo sarebbe il vostro bene. Quelli che non ricevono critiche, invecchiano male. S'estraniano alla storia che vive e progredisce. Diventano quelle povere creature che siete voi.

il giornale

La storia di questo mezzo secolo era quella che sapevo meglio. Rivoluzione russa, fascismo, guerra, resistenza, liberazione dell'Africa e dell'Asia. È la storia in cui sono vissuti il nonno e il babbo.

Poi sapevo bene la storia in cui vivo io. Cioè il giornale che a Barbiana leggevamo ogni giorno, a alta voce, di cima a fondo.

Sotto gli esami due ore di scuola spese sul giornale ognuno se le strappa dalla sua avarizia. Perché non c'è nulla sul giornale che serva ai vostri esami. È la riprova che c'è poco nella vostra scuola che serva nella vita.

Proprio per questo bisogna leggerlo. È come gridarvi in faccia che un lurido certificato non è riuscito a trasformarci in bestie. Lo vogliamo solo per i nostri genitori. Ma politica e cronaca cioè le sofferenze degli altri valgono più di voi e di noi stessi.

la Costituzione

Quella professoressa s'era fermata alla prima guerra mondiale. Esattamente al punto dove la scuola poteva riallacciarsi con la vita. E in tutto l'anno non aveva mai letto un giornale in classe.

Dovevano esserle rimasti negli occhi i cartelli fascisti «Qui non si parla di politica». Una volta la mamma di Giampiero le disse: «Eppure mi pare che il bambino da che va al doposcuola comunale sia migliorato tanto. La sera a casa lo vedo leggere». «Leggere? Sa cosa legge? La COSTITUZIONE! L'anno scorso aveva per il capo le ragazzine, quest'anno la Costituzione».

Quella povera donna pensò che fosse un libro sporco. La sera voleva far cazzottare Giampiero dal suo babbo.

il Monti

Quella stessa professoressa a italiano voleva a tutti i costi le strane fiabe d'Omero. Ma almeno fosse stato Omero. Era il Monti.*

A Barbiana non s'era letto. Solo una volta, per ridere, si prese il testo greco e si contò le parole d'un canto. Centoquarantuno per cento! Ogni tre parole due son d'Omero, una è parto della testolina del Monti.

E il Monti chi è? Uno che ha qualcosa da dirci? Uno che parla la lingua che occorre a noi? Peggio ancora: è uno che scriveva una lingua che non era parlata neppure a tempo suo.

Un giorno insegnavo geografia a un ragazzetto cacciato fresco fresco dalla vostra media. Non sapeva nulla di nulla, ma per dire Gibilterra diceva Colonne d'Ercole.**

Se lo immagina in Spagna a chiedere il biglietto a uno sportello ferroviario?

gerarchia delle urgenze

Quando la scuola è poca il programma va fatto badando solo alle urgenze.

* *Omero* = antico poeta greco autore dell'Iliade e dell'Odissea. *Vincenzo Monti* = poeta del 1800. Ha tradotto l'Iliade in italiano.
** *Colonne d'Ercole* = i poeti antichi chiamavano così lo stretto di Gibilterra. È il passaggio tra il Mare Mediterraneo e l'Oceano Atlantico.

Pierino del dottore ha tempo di leggere anche le novelle. Gianni no. Vi è scappato di mano a 15 anni. È in officina. Non ha bisogno di sapere se è stato Giove a partorire Minerva o viceversa.*

Nel suo programma d'italiano ci stava meglio il contratto dei metalmeccanici. Lei signora l'ha letto? Non si vergogna? È la vita di mezzo milione di famiglie.

Che siete colti ve lo dite da voi. Avete letto tutti gli stessi libri. Non c'è nessuno che vi chieda qualcosa di diverso.

ragazzi infelici

Agli esami di ginnastica il professore ci buttò un pallone e ci disse: «Giocate a pallacanestro». Noi non si sapeva. Il professore ci guardò con disprezzo: «Ragazzi infelici».

Anche lui come voi. L'abilità in un rito convenzionale gli pareva importante. Disse al preside che non avevamo «educazione fisica» e voleva rimandarci a settembre.

Ognuno di noi era capace di arrampicarsi su una quercia. Lassù lasciare andare le mani e a colpi d'accetta buttar giù un ramo d'un quintale. Poi trascinarlo sulla neve fin sulla soglia di casa ai piedi della mamma.

M'hanno raccontato d'un signore a Firenze che sale in casa sua con l'ascensore. Poi s'è comprato un altro aggeggio costoso e fa finta di remare. Voi in educazione fisica gli dareste dieci.

Latino in Mugello

Di latino naturalmente ne sapevamo poco. La

* *Giove e Minerva* = i greci antichi credevano o facevano finta di credere negli dei. Fra l'altro raccontavano che un maschio (di nome Giove) aveva partorito una bambina (di nome Minerva).

Camera l'aveva già seppellito da due anni.* Proprio in quell'anno avevano smesso di pretenderlo Cambridge e Oxford.**

Ma i contadini del Mugello dovevano saperlo tutto. Passavano tra i banchi i professori solenni come sacerdoti. Custodi del lucignolo spento.

Io sgranavo gli occhi su quella gente strana. Non avevo mai incontrato nulla di simile.

LA NUOVA MEDIA

nelle vostre mani

Abbiamo letto la legge e i programmi della nuova media.

La maggioranza delle cose scritte lì a noi ci vanno bene. E poi c'è il fatto che la nuova media esiste, è unica, è obbligatoria, è dispiaciuta alle destre. È un fatto positivo.

Fa tristezza solo saperla nelle vostre mani. La rifarete classista come l'altra?

l'orario

La media vecchia era classista soprattutto per l'orario e per il calendario. La nuova non li ha mutati. Resta una scuola tagliata su misura dei ricchi. Di quelli che la cultura l'hanno in casa e vanno a scuola solo per mietere diplomi.

Però c'è un filo di speranza nell'articolo tre. Istituisce un doposcuola di almeno dieci ore settimanali. Subito dopo lo stesso articolo vi offre la scappatoia per non farlo: il doposcuola verrà at-

* La legge che istituisce la Nuova Media è del dicembre del 1962.

** *Cambridge e Oxford* = antiche università inglesi riservate ai signori. Fino a poco fa non poteva entrarci chi non sapeva il latino.

tuato «previo accertamento delle possibilità locali». Dunque la cosa è rimessa in mano vostra.

attuazione

Nel primo anno della nuova media il doposcuola statale ha funzionato in quindici comuni sui 51 della provincia di Firenze.

Nel secondo anno in sei comuni, raggiungendo il 7,1% dei ragazzi. L'anno scorso in cinque comuni, 2,9% dei ragazzi.*

Di doposcuola comunali non ne esiste più.**

Non potete accusare i genitori. Hanno capito che non ci tenete. Se no, servili come sono, v'avrebbero mandato i ragazzi non solo al doposcuola, ma anche a letto.

contrari

Il Sindaco di Vicchio, prima di riaprire il doposcuola comunale chiese il parere degli insegnanti di Stato. Arrivarono 15 lettere. Tredici contro e due a favore. Il motivo ricorrente era che se il doposcuola non è fatto bene è meglio non lo fare.

I ragazzi di paese erano per i bar e per le strade. Quelli di campagna nel campo. Di fronte a questa situazione il doposcuola non può mai sbagliare. È buono tutto. È buono perfino quell'aborto che voi chiamate scuola.

Se siete contrari al doposcuola io vi consiglio di

* «La nuova scuola media al termine del primo triennio» Ufficio studi della provincia di Firenze. Giugno 1966.
** «... dopo qualche coraggiosa esperienza degli anni passati non più ripetibile per il negativo atteggiamento dell'autorità tutoria, non esiste più alcun doposcuola a gestione comunale» (ivi pag. 5).

non lo far vedere. La gente è maliziosa. Potrebbe pensare che fate lezioni private ai signorini.

Sud Africa

Altri hanno in odio l'eguaglianza.

Un preside a Firenze ha detto a una signora: «Non si preoccupi, lo mandi da me. La mia è la media meno unificata d'Italia».

Giocare il popolo sovrano è facile. Basta raccogliere in una sezione i ragazzi «per bene». Non importa conoscerli personalmente. Si guarda pagella, età, luogo di residenza (campagna, città), luogo di origine (nord, sud), professione del padre, raccomandazioni.

Così vivranno nella stessa scuola due, tre, quattro medie diverse. La A è la «Media Vecchia». Quella che fila bene. I professori più stimati se la leticano.

Un certo tipo di genitori si dà da fare per metterci il bambino. La B è già un po' meno e così via.

il Dovere delle gomitate

Tutta gente onorata. Il preside e i professori non fanno per sé, fanno per la Cultura.

Neanche quei genitori fanno per sé. Fanno per l'Avvenire del bambino. Farsi strada a gomitate non sta bene, ma se si fa per lui diventa un dovere sacro. Avrebbero vergogna a non lo fare.

disarmati

I genitori più poveri non fanno nulla. Non sospettano nemmeno che queste cose esistano. Anzi sono commossi. A tempo loro in campagna c'era solo la terza.

Se le cose non vanno, sarà perché il bambino non è tagliato per gli studi. «L'ha detto il Professore. Che persona educata. Mi ha fatto sedere. Mi ha mostrato il registro. Un compito pieno di freghi blu. A noi non c'è toccato intelligente. Pazienza. Andrà nel campo come siamo andati noi».

A questo punto lei ci obietterà che siamo capitati a far gli esami in scuole particolarmente disgraziate. Che per l'appunto anche da fuori ci son venute notizie tutte tristi. Che lei conosce decine d'episodi veri quanto i nostri, ma che dimostrano il contrario.

sul piano nazionale

Allora facciamo così: abbandoniamo noi e lei le posizioni troppo passionali e scendiamo sul terreno scientifico.

Riprendiamo il nostro racconto da capo, ma questa volta in cifre.

L'incarico delle statistiche l'ha preso Giancarlo. Ha 15 anni. È un altro di quei ragazzi di paese che voi avete sentenziato disadatto agli studi.

disadatto agli studi

Da noi carbura bene. Per esempio ora è quattro mesi che è immerso in queste cifre. Non gli pare arida nemmeno la matematica.

Il miracolo educativo che abbiamo operato in lui ha una ricetta ben precisa.

Noi gli s'è offerto di studiare per uno scopo nobile: sentirsi fratello di 1.031.000 bocciati insieme a lui e godersi le gioie della vendetta per sé e per loro.*

Decine di Annuari Statistici, decine di scuole visitate, altre raggiunte per corrispondenza, viaggi al Ministero e all'ISTAT per i dati mancanti, giornate intere alla calcolatrice.**

il professore presuntuoso

Altri prima di noi avranno fatto lavori del gene-

* Bocciati dalla scuola dell'obbligo nell'anno scolastico 1963-64 (vedi fonti in nota alla tavola A).
** ISTAT = *Istituto Centrale di Statistica.*

re. Ma son quei poveretti che poi non sanno tradurre i risultati in lingua d'ogni giorno.

Noi non li abbiamo letti. Voi insegnanti nemmeno.

Così nessuno di voi ha un'idea chiara di quel che avviene nella scuola.

Si fece notare a un professore che era venuto in visita da noi. S'offese a morte: «È tredici anni che insegno. Ho conosciuto migliaia di ragazzi e genitori. Voi vedete le cose dal di fuori. Non siete addentro nei problemi della scuola».

E allora è addentro lui che ha conosciuto solo ragazzi già selezionati. Più ne conosce e più vede distorto.

Gianni è milioni

La scuola ha un problema solo. I ragazzi che perde.

La vostra «scuola dell'obbligo» ne perde per strada 462.000 l'anno.* A questo punto gli unici incompetenti di scuola siete voi che li perdete e non tornate a cercarli. Non noi che li troviamo nei campi e nelle fabbriche e li conosciamo da vicino.

I problemi della scuola li vede la mamma di Gianni, lei che non sa leggere. Li capisce chi ha in cuore un ragazzo bocciato e ha la pazienza di metter gli occhi sulle statistiche.

Allora le cifre si mettono a gridare contro di voi. Dicono che di Gianni ce n'è milioni e che voi siete o stupidi o cattivi.

* La cifra è tratta dalla tavola A col procedimento della tavola C.

ISCRITTI ALLE SCUOLE
ANNO 1963-64

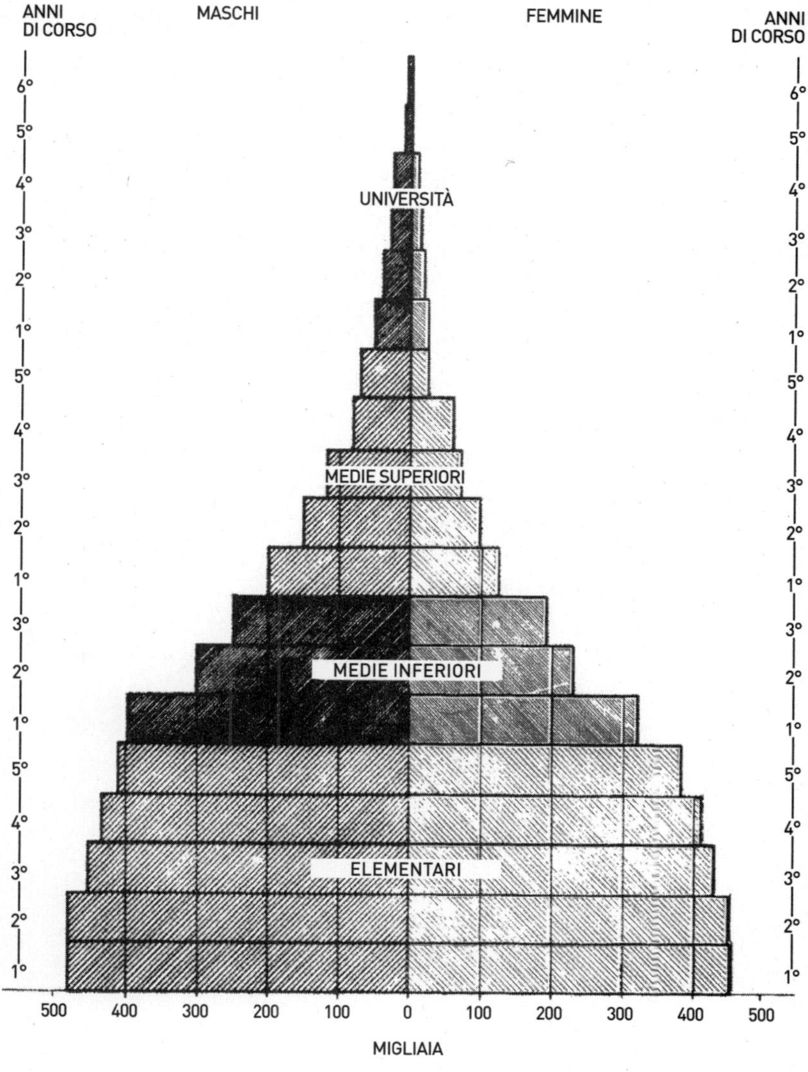

la piramide Temendo che le tavole statistiche le restassero indigeste le abbiamo messe in appendice. Qui nel testo le riduciamo a misura umana. Grandi quanto ce ne sta in un'aula che si abbraccia con uno sguardo affezionato.*

La piramide abbiamo preferito tenerla qui.** È un simbolo che s'imprime negli occhi.

Dalle elementari in su sembra tagliata a colpi d'ascia. Ogni colpo una creatura che va a lavorare prima d'essere eguale.

inseguimento 1951 Ma la piramide ha il difetto che mette su uno stesso foglio ragazzi di 6 e di 30 anni. Colpe vecchie e nuove.

Proviamo allora a inseguire una leva di ragazzi lungo gli otto anni della scuola dell'obbligo.

Mancando i dati più recenti seguiamo la leva '51.***

prima elementare Entriamo il primo ottobre in una prima elementare. I ragazzi sono 32. A vederli sembrano eguali. In realtà c'è già dentro 5 ripetenti.

A sette anni, col grembiulino e il fiocco, già segnati col marchio del ritardo che pagheranno caro alle medie.

* Abbiamo cioè immaginato una prima elementare del 1957-58 di 32 ragazzi. Cioè 29.900 volte più piccola del vero. Anche le cifre seguenti sono in scala 1 : 29.900. Chi preferisce le cifre originali le troverà in appendice alla tavola C 1951.

** I dati per disegnare la piramide sono tratti dall'Annuario Statistico dell'Istruzione 1965.

*** La leva '52 sarebbe stata meglio perché è quella che ha inaugurato la Nuova Media. Mancano ancora troppi dati per poterla studiare a fondo. Per ora un confronto tra le due medie è possibile solo sulle prime. È sufficiente per dimostrare che non è cambiato nulla di sostanziale. Nella prima 62-63 (Vecchia Media) i bocciati furono il 33,3%. Nella prima 63-64 (Nuova Media) il 28,2%.

Prima di cominciare mancano già 3 ragazzi. La maestra non li conosce, ma son già stati a scuola. Hanno assaggiato la prima bocciatura e non son più tornati. *mancato guadagno*

Se fossero tornati sarebbero con lei. In un certo senso li ha persi. Come si dice perso un mancato guadagno.

Anche nelle classi seguenti si ripeterà lo stesso fatto. Se fossimo cattivi potremmo contarvi ogni anno il doppio di ragazzi persi: quelli che avete cacciato voi e quelli che vi mancano tra i ripetenti.

Se foste buone sareste voi a contarli.*

Quelli che non son mai venuti a scuola non li contiamo. Non ne esiste una rilevazione su scala nazionale. Pare però che siano pochi. Per esempio qui in Mugello Giancarlo non ne ha trovati. *i renitenti*

Comunque per loro non avremmo da rimproverarvi. Sarebbe colpa d'altri. Soprattutto dei parroci che hanno presente tutto il popolo e possono convincere i genitori o denunciarli.

A giugno la maestra boccia 6 ragazzi.** Disobbedisce alla legge del 24 dicembre 1957 che la invita a portarseli dietro per i due anni del primo ciclo.*** *i bocciati*

* Per maggiori spiegazioni vedi in appendice le tavole B e C e le loro note.

** Abbiamo visto che la prima dell'anno precedente aveva invece 8 bocciati (3 persi più 5 ripetenti). La differenza è dovuta al minor numero di nati del '51 e di ripetenti nel 57-58. Qui nel testo, per semplificare, chiamiamo bocciati anche i ragazzi che si sono ritirati durante l'anno. Nella documentazione le due categorie sono invece distinte.

*** La scuola elementare è divisa in due cicli: I e II (primo ciclo) III, IV e V (secondo ciclo).

«L'insegnante non ammette l'alunno alla classe successiva

Ma la maestrina non accetta ordini dal popolo sovrano. Boccia e parte per il mare.

sparare in un cespuglio

Bocciare è come sparare in un cespuglio. Forse era un ragazzo, forse una lepre. Si vedrà a comodo.

Fino all'ottobre seguente non sapete cosa avete fatto. È andato a lavorare o ripete? E se ripete gli farà bene o male? Si farà le basi per seguitare meglio o invecchierà malamente su programmi non adatti per lui?

seconda elementare

A ottobre in seconda la maestra trova ancora 32 ragazzi.* Vede 26 visi noti e le pare d'essere di nuovo tra i *suoi* ragazzi cui vuol bene.

Poi vede 6 ragazzi nuovi. Cinque sono ripetenti. Uno di loro ha già ripetuto due classi, ha quasi 9 anni.

Il sesto ragazzo nuovo è Pierino del dottore.**

Pierino

I cromosomi del dottore sono potenti.*** Pierino sapeva già scrivere a 5 anni. Non ha avuto bisogno di far la prima. Entra a seconda a 6 anni. Parla come un libro stampato.

dello stesso ciclo soltanto in casi eccezionali (numero rilevante delle assenze, minorazioni psicofisiche) su ciascuno dei quali fornisce al direttore didattico motivata relazione scritta». Nei primi 5 anni di applicazione della legge i bocciati di prima sono stati il 15,14 %, quelli di seconda il 16,88%. In una scuola funzionante (classi differenziali ecc.) come quella di Vicchio i bocciati di prima scendono al 6,9% (1965-66).

* Da qui in poi potrà essere utile tenere sott'occhio il disegno di p. 47 o meglio ancora la tavola D.

** Nel nostro testo Pierino è il simbolo dei 30.000 ragazzi che ogni anno saltano la prima. Vedi tavola E e sua nota.

*** *cromosòmi* = quei cosini microscopici che fanno somigliare i figlioli ai genitori.

Già segnato anche lui, ma questa volta col marchio della razza pregiata.

pane amaro

Dei sei ragazzi bocciati, quattro stanno ripetendo la prima. Per la scuola non sono persi, ma per la classe sì.

Forse la maestra non se ne dà pensiero perché li sa al sicuro nella classe accanto. Forse se li è già dimenticati.

Per lei, che ne ha 32, un ragazzo è una frazione. Per il ragazzo la maestra è molto di più. Ne ha avuta una sola e l'ha cacciato.

Gli altri due non son tornati a scuola. Sono a lavorare nei campi. In tutto quello che mangiamo c'è dentro un po' della loro fatica analfabeta.

le mamme

In tutto sei mamme hanno già saputo cos'è la vostra scuola. Quattro si son viste il bambino sradicato dalla sua classe e dai suoi affetti. Esiliato a invecchiare tra compagni sempre più giovani.

Due se lo son visto tagliato fuori per sempre.

Le mamme non sono sante. Non vedono più in là del loro uscio. È un difetto grosso. Ma il bambino è di qua dall'uscio. Lui almeno non lo potranno mai dimenticare.

preti e puttane

La maestra invece è difesa dalla sua smemoratezza di mamma a mezzo servizio. Chi manca ha il difetto che non si vede. Ci vorrebbe una croce o una bara sul suo banco per ricordarlo.

Invece al suo posto c'è un ragazzo nuovo. Un disgraziato come lui. La maestra gli s'è già affezionata.

Le maestre son come i preti e le puttane. Si innamorano alla svelta delle creature. Se poi le perdono non hanno tempo di piangere. Il mondo è una famiglia immensa. C'è tante altre creature da servire.

È bello vedere di là dall'uscio della propria casa.

Bisogna soltanto esser sicuri di non aver cacciato nessuno con le nostre mani.

frazioni di eguaglianza

Alla fine delle elementari 11 ragazzi hanno già lasciato la scuola per colpa delle maestre.

«La scuola è aperta a tutti. Tutti i cittadini hanno diritto a otto anni di scuola. Tutti i cittadini sono eguali». Ma quegli 11 no.

Due hanno eguaglianza zero. Per firmare fanno una croce. Uno ha un ottavo di eguaglianza. Sa firmare. Gli altri hanno 2, 3, 4, 5 ottavi di eguaglianza. Leggono un po' alla meglio, ma non leggono il giornale.

assegni familiari

Neanche uno di loro è figlio di signori. La cosa è così evidente che fa sorridere.

I contadini hanno avuto gli assegni familiari solo ora.* Cinquantaquattro lire al giorno per figliolo. Gli operai ne prendono 187.**

Non sarà la maestra che ha messo queste leggi. Ma lo sa che ci sono. A ogni bocciatura ha messo i poveri in tentazione d'andarsene. I ricchi no.

* 1° gennaio 1967.

** Gli assegni sono in realtà un po' più alti. Ma si riscuotono solo nei giorni lavorativi mentre i figlioli dei poveri hanno il vizio di mangiare anche di domenica.

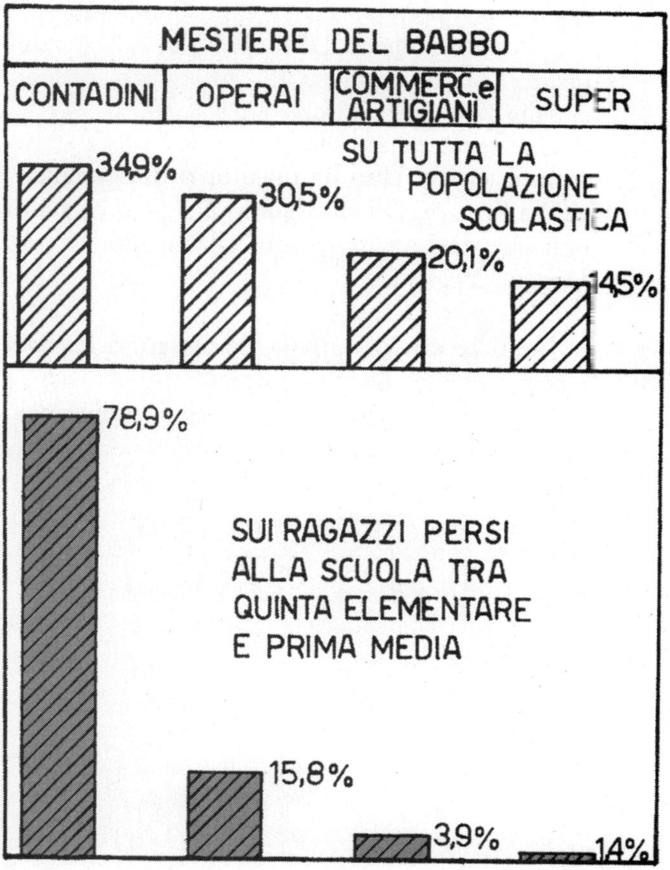

MESTIERE DEL BABBO
CONTADINI
OPERAI
COMMERC. e ARTIGIANI
SUPER
SU TUTTA LA POPOLAZIONE SCOLASTICA
34,9%
30,5%
20,1%
14,5%
78,9%
SUI RAGAZZI PERSI ALLA SCUOLA TRA QUINTA ELEMENTARE E PRIMA MEDIA
15,8%
3,9%
1,4%

contadini

La tentazione del lavoro pesa sui poveri in età diverse secondo se sono contadini o operai.

Gli 11 ragazzi che sono andati a lavorare nei cinque anni delle elementari avevano dai sette ai quattordici anni.

La maggioranza erano contadini o comunque gente che vive in case isolate dove c'è sempre qualche faccenda da dare anche a un bambino piccolo.*

uomini prima del tempo

Lo Stato s'è scordato di loro. Non li scrive più nel registro scolastico e non li scrive ancora in quello delle forze di lavoro.

Eppure lavorano e fra le righe della legge si scopre che si sa, ma non si dice.

La legge 29-1-1961 «Sulla tutela del lavoro delle donne e dei fanciulli» proibisce il lavoro prima dei 15 anni. Non vale per l'agricoltura. È giusto. La razza inferiore non ha fanciulli. Siamo tutti uomini prima del tempo.

L'articolo 205 del testo unico INAIL stabilisce che ai contadini si paga l'infortunio sul lavoro dai 12 anni in su. Dunque si sa che lavoriamo.

mistero

Nonostante tutti questi persi, sulla piramide il colpo d'occhio fa onore ai maestri elementari. La forma di piramide comincia solo alle medie.

Difatti a prima la maestra aveva 32 ragazzi. A quinta ne ha 28. Si direbbe che ne abbia persi 4 soli.

La realtà è che ne ha persi 20.** Come si possa

* Non occorre provarlo. Comunque nella tavola a pag. 35 vedi una nostra rilevazione su un comune della provincia di Firenze (anni scolastici 1963-4, 1964-5, 1965-6). Nella categoria «super» abbiamo messo impiegati (piccoli e grandi), insegnanti, professionisti, imprenditori, dirigenti.

** Questo dato è tratto come gli altri dalle statistiche su sca-

perdere 20 ragazzi su 32 e averne ancora 28 è un mistero che va spiegato.*

il lago

Provi a guardare un lago sull'atlante. Sembra tant'acqua e invece è esattamente quella del fiume. Ha solo rallentato. Perde tempo, occupa tanto posto. Poi riprende a correre e si vede che è un fiume eguale a prima.

Il lago sono le scuole elementari. Se un ragazzo passa sempre occupa 5 banchi. Se ripete ne occupa 6, 7, 8... Pierino benemerito ne occupa 4 soli.

Quando smetterete di bocciare risolverete di un colpo anche il problema delle aule.

la tavola a colori

Tutto il problema si capisce meglio sulla tavola a colori. Se tutto andasse bene ogni colonna sarebbe d'un colore solo. E invece c'è un mucchio di colori fuori posto.

Provi a interessarsi solamente del giallo [qui grigio con tratteggio diagonale]. Sono i nati nel '50. La strisciolina gialla fuori posto a sinistra sono i pierini.

La parte grossa che vien giù verticale sono i ragazzi dell'anno giusto. Quelli che non sono stati mai bocciati. S'assottiglia sempre. A terza media è già un gruppetto privilegiato quasi quanto i pierini.

La sventagliata di gialli a destra sono i ripetenti.

La mamma di Gianni ha visto il grafico. Le abbiamo detto che il giallo è Gianni. L'ha seguito col

la nazionale. È perciò inferiore al vero perché non vi appaiono le migrazioni interne (sud-nord, montagna-pianura, campagna-città).

* Il prof. Dino Pieraccioni membro del Consiglio Superiore dell'Istruzione ha dichiarato a un giornalista (15-2-1967): «... scarso livello di preparazione dei ragazzi nella scuola elementare, dove, com'è noto, nessuno o quasi viene bocciato».

dito. A ogni bocciatura un po' più a destra. Sempre più lontano, più isolato, più diverso.

nomadi

Per la maestra è spazzatura che ha scaricato gentilmente sulle colleghe. Ma chi la fa l'aspetti. Da sinistra glie n'è arrivata press'a poco altrettanta.

In tutto, nei cinque anni, ha avuto per le mani 48 ragazzi e ne consegna 23.* I 29 Gianni le son passati per la classe trasversalmente senza lasciare traccia. Dei 32 ragazzi che ha avuto in consegna in prima glie n'è rimasti 19.

invecchiare è proibito

È alle medie che appare il danno che hanno avuto i 18 dispersi nelle leve seguenti. Sono invecchiati. E invecchiare è proibito.

Finché l'obbligo scolastico era 5 anni era diverso. Sei più 5 fa undici. Prima dell'età del lavoro c'era spazio per 2 o 3 bocciature.

Oggi invece 6 più 8 quattordici. Il libretto di lavoro si può fare a 15 anni.**

non c'è spazio

All'apparenza c'è ancora spazio per bocciare una volta. Ma a questo punto occhio al mese di nascita. Il più grande dei ragazzi iscritti a prima elementare in regola è di gennaio. Ha 6 anni e 9 mesi.

Contandoli a uno a uno si scopre che tre quarti

* 11 a lavorare + 18 a ripetere = 29 persi alla classe; 29 persi alla classe + 19 superstiti di prima = 48 passati per le mani.
** Ma attenzione. Qualcuno potrebbe trovar lavoro illegalmente anche a 13-14 anni. E perfino «legalmente». Nell'anno da noi considerato c'erano 129.000 ragazzi dai 10 ai 14 anni che lavoravano con autorizzazione speciale! («Rilevazione nazionale delle forze di lavoro 20 ottobre 1962» ISTAT 1963).

dei ragazzi si iscrivono a prima con più di 6 anni.* Non possono bocciare neanche una volta.

Se la maestra muore di voglia di bocciare potrebbe sfogarsi sui figlioli dei ricchi. *voglia di bocciare*

Io lo concorderei coi genitori: «Pierino è piccolo, davanti alle scelte della vita arriverà immaturo. Che ne dice dottore se lo fermassimo un anno?».

Non vedo l'ora d'esser maestro per levarmi questa soddisfazione. Magari con un nipotino suo.

Ma la maestra non la pensa come me. Pierino passa sempre.** Strano. Lui che è così giovane. A sentire gli psicologi dovrebbe essere in difficoltà.*** Potenza dei cromosomi di dottore! *l'immaturo*

Pierino s'è trovato in quinta a nove anni.**** È vis-

* Il dato è semplificato supponendo che il numero dei nati sia eguale ogni mese e che tutti iscrivano i ragazzi a prima non appena abbiano l'età legale. Mancando una rilevazione nazionale abbiamo provato a farla in due comuni vicini ottenendo cifre superiori ai tre quarti (79% e 81%).

** *Prima prova*: Fin dall'idoneità alla seconda Pierino è passato più facilmente che non gli interni. Per esempio nell'anno 62-63 furono promossi l'87,6% degli interni e il 96,9% dei privatisti. Il fenomeno del vantaggio dei privatisti si ripete per tutte le elementari. Dalla media in poi avviene il contrario. («Annuario Statistico Italiano 1965» tav. 90 e 97).
Seconda prova: Il numero dei pierini non diminuisce anzi tende a aumentare (se ne aggiunge qualcuno che salta un anno). In seconda (59-60) ci sono 30.000 pierini. Quattro anni dopo in prima media 34.400 (vedi tavola E).

*** *psicologi* = quelli che pensano di poter studiare in modo scientifico l'animo dell'uomo.

**** Qui e nell'illustrazione che segue le età sono riferite all'ottobre. La ripartizione per età è tratta da «Distribuzione per età degli alunni delle scuole elementari e medie» ISTAT 1963 (nostra tavola E).

suto sempre tra compagni più maturi. Non è maturato, ma si è allenato a affrontare adulti. È di quelli che saranno disinvolti con lei.

Gianni invece è stato sempre a scuola con bambini più piccoli di lui. Fa un po' il prepotente con loro, ma davanti agli adulti non apre bocca.

prima media

In prima media i ragazzi sono 22.* Per la professoressa son tutti visi nuovi. Degli 11 persi lei non sa nulla. Anzi è convinta che non manchi nessuno.

Qualche volta brontola: «Ora che vengono a scuola tutti non è possibile far scuola. Arrivano dei ragazzi analfabeti».

Ha studiato tanto latino, ma non ha mai visto un Annuario Statistico.

il cartello

E non le basterebbe. Bisogna che si studi anche le età sul registro. Ci sono visucci puerili e corporature esili che ingannano.

All'anagrafe non guardano in faccia. Chi ha l'età riceve il libretto di lavoro. Le può scappare di scuola da un momento all'altro.

* Perché il quadro dei ragazzi persi resti più chiaro conserviamo anche per le scuole medie la scala 1: 29.900. In realtà alle medie il numero delle sezioni è molto diminuito e diminuisce ancora lungo il corso. Per questo gli insegnanti non vedono mai classi così piccole e non riescono a farsi un'idea della selezione che è stata operata.

Il meglio sarebbe che ogni ragazzo portasse un gran cartello: «Ho 13 anni non mi bocci».

strage di vecchi

Ma il cartello non lo porta nessuno. E i professori sul registro non guardano l'anno di nascita. Guardano i voti.

Forse qualcuno è in buona fede. Forse addirittura s'è proposto di salvare i più vecchi. Poi lì davanti a un compito pieno d'errori s'è dimenticato tutti i propositi.

Il fatto è che inesorabilmente la bocciatura colpisce i ragazzi più vecchi.* Quelli che hanno il lavoro a portata di mano.

Invece passano quei ragazzucci che sono in regola con l'età. Non hanno avuto motivo di bocciare negli anni scorsi. Non l'hanno nemmeno ora.

La loro casa non è proprio come quella di Pierino, ma è evidente che ci manca poco.

La classe vien falciata così.**

* Vedi tavola F. Trattandosi di un'affermazione grave abbiamo voluto appoggiarla con una ricerca particolarmente severa. Giancarlo ha raccolto i dati in 9 scuole toscane, due lombarde, una delle Marche, una dell'Emilia e una del Veneto, per un totale di 1960 ragazzi di prima e 1814 di seconda (anni scolastici 1964-5, 1965-6).

** Nel disegno le età sono riferite alla fine dell'anno per cui i pierini hanno ormai undici anni e così via. Il disegno si basa sulla tavola E per la divisione secondo l'età e sulla tavola F per l'età dei bocciati.

strage di poveri

Bocciando i più vecchi i professori hanno colpito anche i più poveri.

Abbiamo fatto una rilevazione sul mestiere del babbo degli invecchiati nelle elementari.

I risultati si leggono nella tavola a pag. 52 [qui sotto].*

STRAGE DI POVERI

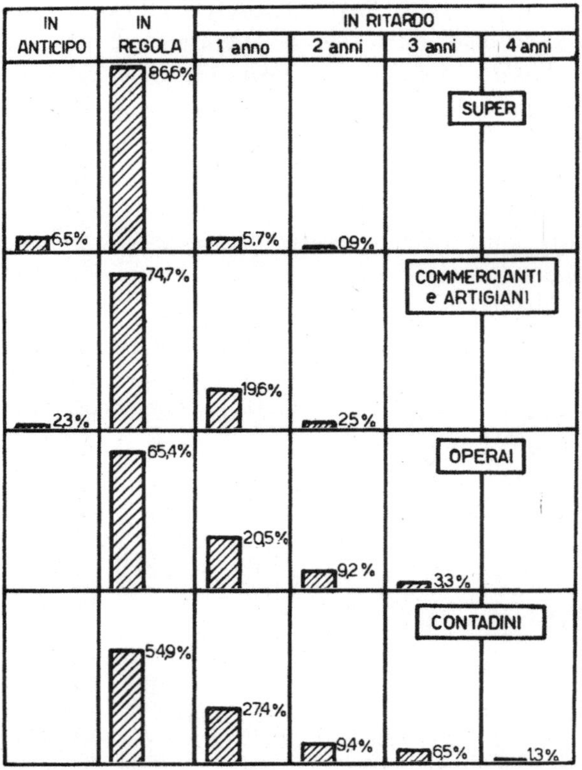

* I dati si riferiscono alle III, IV e V elementari di 35 scuole della provincia di Firenze, Milano, Mantova per un totale di 2252 ragazzi (anni scolastici 1965-6, 1966-7). Per la categoria dei «super» vedi nota * a pag. 36.

Gianni ha ormai 14 anni e dovrebbe ricominciare la prima media. A questo punto seguitare diventa quasi assurdo. Anche passando sempre finirebbe le medie a 17 anni. *riportare la busta*

La noia della scuola è al colmo. Il lavoro è facile a trovarsi.* Tra pochi mesi è anche legale.

Gianni sa bene che non è bello lavorare, ma ha voglia di riportare la busta. Gli secca d'essere rimproverato d'ogni soldo che spende.

I genitori stessi insistono sempre più debolmente. Ci voleva in loro e nel ragazzo una costanza che è di pochi. Una passione per lo studio nata da sé e così forte da non lasciarsi abbattere dagli insuccessi.

Ci voleva una mano da parte vostra. La mano l'avete stesa per farlo ruzzolare.

Forse non ne avevate l'intenzione. Certo ha colpa anche la maestra che ve l'ha consegnato così vecchio. Avrà colpa anche il mondo, avrà colpa anche Gianni. *l'ortolano*

Ma quando la professoressa vede un ragazzo a servirla dall'ortolano non vorrei esser lei che l'ha bocciato.

Sarebbe tutta un'altra cosa potergli dire: «Perché

* Con l'attuale disciplina dell'apprendistato (legge del gennaio 1955) l'assunzione degli apprendisti è diventata conveniente. Nelle zone più sviluppate i ragazzi vengono cercati anche a casa mentre forse il babbo manovale ha difficoltà a trovare lavoro. Per esempio, in provincia di Firenze, Prato ha due primati: quello dello sviluppo industriale e quello dell'evasione all'obbligo scolastico (vedi «L'adempimento dell'obbligo scolastico» Ufficio Studi della Provincia di Firenze 1966).

non torni a scuola? Ti ho passato apposta perché tu tornassi. Senza di te la scuola non sa di nulla.»

seconda media

A seconda, mancando i ragazzi più vecchi, l'età media si è abbassata. Il distacco dei pierini dagli altri va diminuendo.

Si può dire che le bocciature alle elementari invecchiano la classe perché molti bocciati ripetono. Alle medie la ringiovaniscono perché i più vecchi trovano lavoro.

il luogo della casa

Anche socialmente la classe è trasformata.

Abbiamo uno studio fatto da nostri amici in un comune qui vicino. Hanno provato a suddividere per categorie sociali i bocciati di prima e di seconda media. I risultati si leggono nel grafico a fronte.*

un compito da quattro

Quando i professori videro questa tabella dissero che era un'ingiuria alla loro onorabilità di giudici imparziali.

* Sono classificate «di paese» le case delle zone più popolose e dotate di tutti i servizi: acqua, luce, strada, negozi. Quelle classificate «isolate» sono in genere sulle pendici di Monte Morello e della Calvana.

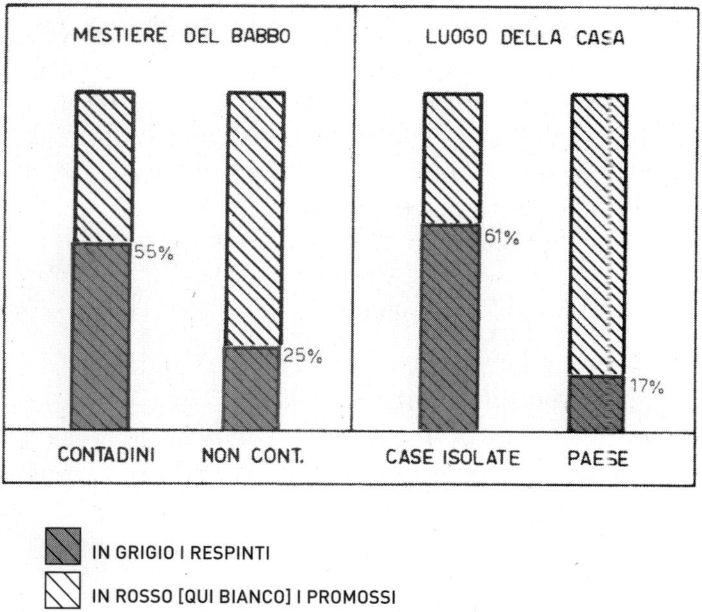

La più accanita protestava che non aveva mai cercato e mai avuto notizie sulle famiglie dei ragazzi: «Se un compito è da quattro io gli do quattro». E non capiva, poveretta, che era proprio di questo che era accusata. Perché non c'è nulla che sia ingiusto quanto far le parti eguali fra disuguali.

di chi parla?

Che sia l'età o la classe sociale il fatto è che a seconda media la professoressa comincia a respirare. Le è più facile finire il programma.

Non vede l'ora d'arrivare a giugno. Si libererà d'altri 4 lavativi e avrà finalmente una classe degna di lei.

«Quando li presi in prima erano dei veri analfabeti. Ora invece mi fanno dei compiti tutti corretti.»

Di chi parla? Dove sono i ragazzi che prese in prima media? Sono rimasti solo quelli che scrivevano corretto anche allora e forse anche in terza elementare. Quelli che l'hanno imparato dalla famiglia.

Gli analfabeti che aveva a prima media sono ancora analfabeti. Se li è solo levati davanti agli occhi.

l'obbligo

E lo sa bene. Tant'è vero che a terza boccia poco. Sette a prima, quattro a seconda, uno a terza.* Il contrario esatto di quello che doveva fare.

Nella scuola dell'obbligo, l'obbligo l'avrebbe assolto portando tutti a terza. È all'esame di licenza che può sfogare i suoi istinti di selezionatrice.

Non avremmo più nulla da ridire. Anzi se il ragazzo non sa ancora scrivere farà bene a bocciarlo.

* Per il motivo spiegato in nota a pag. 40 immaginiamo le medie con classi piccolissime. Si ha così l'impressione che le professoresse boccino meno delle maestre. Vista percentualmente la cosa è ben diversa. Bocciati in prima elementare 15,4%, in seconda 18,1%, in terza 12,9%, in quarta 14,9%, in quinta 17,9%, prima media 33,3%, seconda 23,2%, terza 5,1% (vedi tavola A).

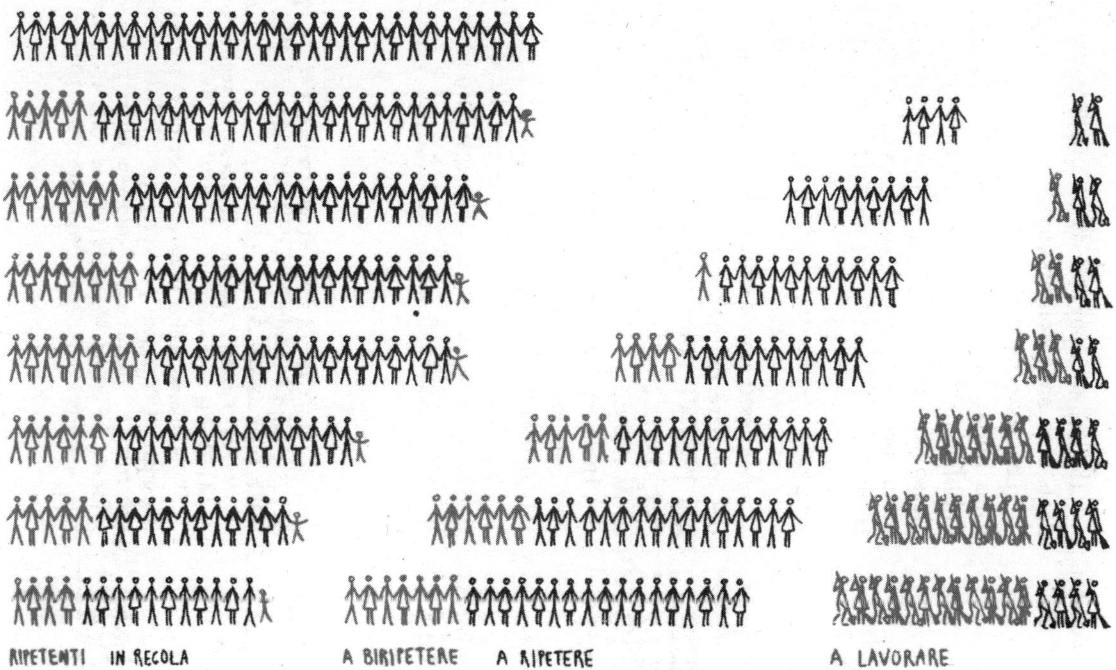
RIPETENTI
IN RECOLA
A BIRIPETERE
A RIPETERE
A LAVORARE

riassunto

Il disegno a pag. 47 dà un quadro riassuntivo degli otto anni dell'obbligo.*

La classe ha perso 40 ragazzi. Sedici di loro sono andati a lavorare prima d'aver compiuto l'obbligo. Ventiquattro sono a ripetere. In complesso son passati per la classe 56 ragazzi. In terza media ci sono solo 11 dei 32 ragazzi che la maestra ha avuto in consegna in prima elementare.

la professione di papà

A questo punto occorrerebbe una rilevazione del mestiere del babbo dei licenziati dalle medie. Ma l'ISTAT non l'ha fatta. Come poteva pensare che la Scuola dell'Obbligo facesse distinzioni di classe?

In compenso ha studiato la professione dei papà dei diplomati alle medie superiori. I risultati si leggono nel disegno a pag. 47.**

Sono ragazzi che hanno avuto 12 o 13 anni della vostra scuola. Otto di quegli anni sono scuola dell'obbligo.

* Per l'interpretazione di questo disegno vedi la Tavola D e le sue note.

** Abbiamo scelto la base 30 perché ci pareva fatica disegnare 100 ragazzi per categoria. Il disegno suppone che tutti i figli di imprenditori e liberi professionisti finiscano le medie superiori. I dati sono tratti dall'Annuario Statistico Italiano 1965 tav. 13 e 103.

LA PROFESSIONE DI PAPÀ

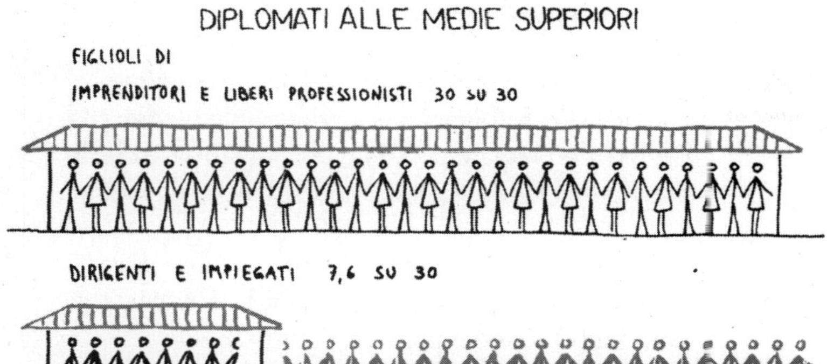

non è povertà di soldi

Qualcuno potrebbe anche essersi fermato per mancanza di soldi, senza colpa vostra. Ma ci sono operai che campano il ragazzo a scuola 10 o 11 anni per la terza media.*

Hanno speso quanto il babbo di Pierino, ma Pierino a quell'età è già licenziato dalla media superiore.

NATI DIVERSI?

cretini e svogliati

Voi dite d'aver bocciato i cretini e gli svogliati.

Allora sostenete che Dio fa nascere i cretini e gli svogliati nelle case dei poveri. Ma Dio non fa questi dispetti ai poveri. È più facile che i dispettosi siate voi.

difesa della razza

Alla Costituente chi sostenne la teoria delle differenze di nascita fu un fascista: «L'on. Mastroianni riferendosi alla parola *obbligatorio* osserva che ci sono alunni che dimostrano una insufficienza di carattere organico a frequentare le scuole».**

Anche un preside di scuola media ha scritto: «La Costituzione purtroppo non può garantire a tutti i ragazzi eguale sviluppo mentale, eguale attitudine allo studio».*** Ma del suo figliolo non lo direbbe mai. Non gli farà finire le medie? Lo manderà

* Dei 16 ragazzi che abbiamo visto in terza media uno s'è licenziato a 17 anni e due a 16.

** *Assemblea Costituente* = Camera dei deputati dal 1946 al 1948. Oltre al normale lavoro preparò il testo della Costituzione. La frase citata appartiene alla discussione sull'articolo 34 della Costituzione (scuola dell'obbligo) nella Prima Sottocommissione (Seduta del 29 ottobre 1946).

*** Lettera firmata dal preside e 18 professori in risposta allo studio di cui si parla a pag. 44.

a zappare? Mi han detto che queste cose succedono nella Cina di Mao. Ma sarà vero?

Anche i signori hanno i loro ragazzi difficili. Ma li mandano avanti.

i figlioli degli altri

Solo i figlioli degli altri qualche volta paiono cretini. I nostri no. Standogli accanto ci si accorge che non sono. E neppure svogliati. O per lo meno sentiamo che sarà un momento, che gli passerà, che ci deve essere un rimedio.

Allora è più onesto dire che tutti i ragazzi nascono eguali e se in seguito non lo sono più, è colpa nostra e dobbiamo rimediare.

rimuovere gli ostacoli

È esattamente quello che dice la Costituzione quando parla di Gianni:

«Tutti i cittadini sono eguali davanti alla legge, senza distinzione di razza, lingua, condizioni personali e sociali.

È compito della Repubblica rimuovere gli ostacoli di ordine economico e sociale, che, limitando di fatto la libertà e l'eguaglianza dei cittadini, impediscono il pieno sviluppo della persona umana e l'effettiva partecipazione di tutti i lavoratori all'organizzazione politica, economica e sociale del Paese» (Art. 3).

TOCCAVA A VOI

scaricabarile

Una sua collega delle medie (una mite sposina che a prima ne ha respinti 10 su 28, comunista lei e il marito, gente impegnata) ci fece un'obiezione:

«Io non li ho cacciati, li ho solo bocciati. Se non ci pensano i loro genitori a rimandarli peggio per loro.»

il babbo di Gianni Ma il babbo di Gianni a 12 anni andò a lavorare da un fabbro e non finì neanche la quarta.

A 19 anni andò partigiano. Non capì bene quello che faceva. Ma certo lo capì meglio di voi. Sperava in un mondo più giusto che gli facesse eguale almeno Gianni. Gianni che allora non era neanche nato.

Per lui l'articolo 3 suona così: «È compito della signora Spadolini rimuovere gli ostacoli...».

Fra l'altro vi paga anche bene. Lui che prende 300 lire l'ora, a voi ve ne dà 4300.

E è disposto a darvene anche di più purché facciate un orario un po' più decente. Lui lavora 2150 ore l'anno, voi 522 (gli esami non ve li conto, non sono scuola).*

supplenza Ma non può rimuovere gli ostacoli lui che li ha addosso. Non sa nemmeno che disciplina occorre a un ragazzo che fa le medie, quanto deve stare a tavolino, se è bene che si svaghi. Se è vero che a studiare vien mal di testa e «trillan gli occhi» come dice Gianni.

Se sapeva fare da sé non vi mandava Gianni a scuola. Tocca a voi supplirlo in tutto: istruzione e educazione. Sono due facce di un problema solo.

Gianni domani, se ce lo portate, sarà un babbo più capace e collaborerà in altro modo. Il suo

* Lo stipendio netto di un insegnante delle medie inferiori va da un minimo di 1.223.000 lire l'anno (1ª classe di stipendio nessuno scatto) a un massimo di 3.311.000 (4ª classe di stipendio 17° scatto).
L'orario di cattedra va da un minimo di 468 ore l'anno (lingua straniera e matematica) a un massimo di 540. Minimo stipendio con massimo d'ore eguale 2264 lire l'ora. Minimo d'ore con massimo di stipendio 7074 lire l'ora.
Nel testo riportiamo i valori medi.
I nostri dati sono aggiornati al 1966.

babbo per ora è quello che è. Quel poco che i signori gli hanno concesso di essere.

le ripetizioni

Se la sapesse tutta pover'uomo riprenderebbe il mitra. Ci sono dei professori che fanno ripetizioni a pagamento. Invece di rimuovere gli ostacoli, lavorano a aumentare le differenze.

La mattina sono pagati da noi per fare scuola eguale a tutti. La sera prendono denaro dai più ricchi per fare scuola diversa ai signorini. A giugno, a spese nostre, siedono in tribunale e giudicano le differenze.

l'impiegatuccio

Non è che il babbo di Gianni non sappia che esistono le ripetizioni. È che avete creato un'atmosfera per cui nessuno dice nulla. Sembrate galantuomini.

Se un impiegatuccio comunale, a casa sua, a caro prezzo, facesse certificati presto e bene e allo sportello li facesse lentamente e inservibili, andrebbe dentro.

Pensi poi se sussurrasse al pubblico: «Qui i certificati li avrà tardi e inservibili. Le consiglio d'andare da qualcuno che li fa in casa a pagamento». Andrebbe dentro.

Ma non va dentro un professore di cui so che disse a una mamma: «Non ce la fa. Lo mandi a ripetizione». Ha detto letteralmente così. Ho i testimoni. Potrei portarlo in tribunale.

In tribunale? Da un giudice che ha la moglie che fa ripetizioni? E poi sul Codice Penale questo reato, chissà perché, non è previsto.

le cipolle

Siete tutti d'accordo. Ci volete schiacciare. Fatelo pure, ma almeno non fingete d'essere onesti. Bella forza essere onesti su un codice scritto da voi e su misura vostra.

Un mio vecchio amico ha rubato 40 cipolle in

un orto. Ha avuto 13 mesi di galera senza condizionale. Il giudice le cipolle non le ruba. Troppa fatica. Dice alla cameriera che gliele compri. I soldi per le cipolle e per la cameriera li guadagna la sua moglie con le ripetizioni.

meglio i preti Certe scuole di preti sono più leali. Sono strumento della lotta di classe e non lo nascondono a nessuno. Dai barnabiti a Firenze la retta d'un semiconvittore è di 40.000 lire al mese. Dagli scolopi 36.000.

Mattina e sera al servizio d'un padrone solo. Non a servire due padroni come voi.

la libertà L'altro ostacolo che non rimuovete sono le mode.

Un giorno, a proposito della televisione, Gianni ci disse: «Ce le danno queste cose. Se ci dessero la scuola s'andrebbe a scuola».

Con quel soggetto impersonale voleva dire la società, il mondo, qualcuno di indefinibile che guida le scelte dei poveri.

Noi si coprì d'insulti: «Di scuole ne avevi due e le hai lasciate». Ma, detto fra noi, è proprio vero che ha scelto liberamente?

In paese pesano su di lui tutte le mode fuorché quelle buone. Chi non le accetta si isola. Ci vorrebbe un coraggio che non può avere lui così giovane, incolto, non aiutato da nessuno. Né dal babbo che ci casca anche lui. Né dal parroco che vende giochi al bar delle ACLI. Né dai comunisti che vendono giochi alla Casa del Popolo. Fanno a gara a chi lo trascina più in basso.

Come se non bastassero le voglie che abbiamo dentro.

Le mode gli hanno detto che i 12-21 anni sono l'età dei giochi sportivi e sessuali, dell'odio per lo studio. *le mode*

Gli hanno nascosto che i 12-15 anni sono l'età adatta per impadronirsi della parola. I 15-21 per usarla nei sindacati e nei partiti.

Gli hanno nascosto che non c'è tempo da perdere. A 15 anni addio scuola. A 21 s'avvicina l'età dei pensieri privati: fidanzamento, matrimonio, figlioli, benessere. Allora non avrà più tempo per le riunioni, avrà paura a esporsi, non potrà certo donarsi tutto.

L'unica difesa dei poveri contro le mode potreste essere voi. Lo Stato vi dà 800 miliardi l'anno a questo scopo.* *la difesa dei poveri*

Ma siete ben miseri educatori voi che offrite 185 giorni di vacanza contro 180 di scuola. Quattro ore di scuola contro dodici senza scuola. Un imbecille di preside che entra in classe e dice: «Il provveditore ha concesso vacanza anche il 3 novembre» sente un urlo di gioia e ne sorride compiaciuto.

Avete presentato la scuola come un male e dovevano riuscire a amarla i ragazzi?

A Borgo il preside ha concesso un'aula ai ragazzi di terza media per un ballo con le compagne. I salesiani, per non essere da meno, organizzano il corso mascherato. Un professore che conosco si fa vedere con la Gazzetta dello Sport in tasca. *abbracciamoci tutti*

* «Relazione generale sulla situazione economica del paese 1965» Vol. II pag. 495. La cifra si riferisce alla sola scuola dell'obbligo.

Sono uomini pieni di comprensione per le «esigenze» dei giovani. Del resto è comodo accettare il mondo così com'è. Un insegnante con la Gazzetta in tasca s'intende bene con un babbo operaio con la Gazzetta in tasca, per parlare d'un figliolo col pallone sotto braccio o d'una figliola che sta un'ora dal parrucchiere.

Poi l'insegnante fa un piccolo segno sul registro e i figlioli dell'operaio vanno a lavorare quando ancora non sanno leggere. I figlioli dell'insegnante seguitano a studiare a oltranza anche se «non ne hanno voglia» o «non capiscono nulla».

LA SELEZIONE SERVE A QUALCUNO

fatalità o piano?

A questo punto ognuno se la prende con la fatalità. È tanto riposante leggere la storia in chiave di fatalità.

Leggerla in chiave politica è più inquietante: le mode diventano parte d'un piano ben calcolato perché Gianni resti tagliato fuori. L'insegnante apolitico diventa uno dei 411.000 utili idioti che il padrone ha armato di registro e pagella. Truppe di riserva incaricate di fermare 1.031.000 Gianni l'anno, nel caso che il gioco delle mode non bastasse a distrarli.

Un milione e 31.000 *respinti* l'anno. È un vocabolo tecnico di quella che voi chiamate scuola. Ma è anche un vocabolo di scienza militare. Respingerli prima che afferrino le leve. Non per nulla gli esami sono di origine prussiana.*

* Vedi Enciclopedia Treccani sotto la voce Esami.
Prussia = parte della Germania. Si usa dire che la mania militaristica dei tedeschi venga dalla Prussia.

Il curioso è che lo stipendio per buttarci fuori ve lo paghiamo noi, gli esclusi.

il sistema fiscale

Povero è chi consuma tutte le sue entrate. Ricco chi ne consuma solo una parte. In Italia, per un caso inspiegabile, i consumi sono tassati fino all'ultima lira. Le entrate solo per burla.

Mi hanno raccontato che i trattati di scienza delle finanze chiamano questo sistema «indolore». Indolore vuol dire che i ricchi riescono a far pagare le tasse soltanto ai poveri senza che se ne avvedano.

All'università certe cose si dicono. C'è solo signorini. Invece nelle scuole inferiori è proibito parlarne. Non sta bene far politica a scuola. Il padrone non vuole.

Vediamo un po' a chi giova che la scuola sia poca.

a chi giova?

Settecentoquaranta ore l'anno sono due ore al giorno. E il ragazzo tiene gli occhi aperti altre quattordici ore. Nelle famiglie privilegiate sono quattordici ore di assistenza culturale di ogni genere.

Per i contadini sono quattordici ore di solitudine e silenzio a diventare sempre più timidi. Per i figlioli degli operai sono quattordici ore alla scuola dei persuasori occulti.*

Specialmente le vacanze estive hanno l'aria di coincidere con precisi interessi. I figlioli dei ricchi vanno all'estero e imparano più che d'inverno. I poveri il primo ottobre hanno dimenticato anche quel poco che sapevano a giugno. Se son rimandati a settembre non possono pagarsi le ripeti-

* *persuasori occulti* = la pubblicità si chiama persuasione occulta quando convince i poveri che cose non necessarie siano necessarie.

zioni. In genere rinunciano a presentarsi.* Se son contadini danno una mano per le faccende grosse dell'estate senza aggravio di spesa per la fattoria.

parlar chiaro

Al tempo di Giolitti queste cose si dicevano in pubblico: «... si raccolse a Caltagirone un congresso di grossi proprietari che propose, per tutta riforma, l'abolizione dell'istruzione elementare perché i contadini e i minatori non potessero, leggendo, assorbire idee nuove».**

Anche Ferdinando Martini era sincero. Lamentando l'apertura delle scuole secondarie alle classi inferiori disse: «Per questo crebbe nelle classi dirigenti l'obbligo di sforzi senza riposo per non perdere addirittura ogni prevalenza politica e economica».***

i fascisti

Anche al tempo del fascismo le leggi erano chiare: «Le scuole dei centri urbani e dei maggiori centri rurali sono costituite normalmente nel corso inferiore e superiore (5 anni di studio). Quelle dei minori centri rurali hanno, di regola, solo il corso inferiore (3 anni di studio)».****

All'Assemblea Costituente i fascisti chiesero che l'obbligo fosse ridotto ai 13 anni.*****

* Conosciamo molti casi del genere. Ci è però parso fatica farne una rilevazione statistica in regola.

** «Memorie della mia vita» Milano 1922 vol. I pag. 90.
Giovanni Giolitti = più volte al governo dal 1892 al 1921.

*** Discorso alla Camera 13-12-1888.
Ferdinando Martini = sottosegretario e poi ministro dell'Istruzione dal 1884 al 1893.

**** Articolo 66 del Testo Unico 5-2-1928.

***** Emendamento Tumminelli all'articolo 34 della Costituzione.

Ma restarono soli. Gli altri avevano inteso che oggi occorre parlare più velato. *povero Pierino*

Quando alla Camera si discusse sulla Nuova Media, dir male dei poveri era ormai proibito. Non restò che piangere sul povero Pierino e sul latino.

Il più commosso fu un democristiano: «Perché mai, dovrebbero essere umiliati i più dotati di intelletto e di volontà costringendoli in una scuola dove è necessario che essi si tarpino le ali, per tenersi al volo di chi è per natura necessitato a procedere lentamente?».*

IL PADRONE

Spesso c'è venuto fatto di parlare del padrone che vi manovra. Di qualcuno che ha tagliato la scuola su misura vostra. *esiste?*

Esiste? Sarà un gruppetto di uomini intorno a un tavolo con in mano le fila di tutto: banche, industrie, partiti, stampa, mode?

Noi non lo sappiamo. Sentiamo che a dirlo il nostro scritto prende un che di romanzesco. A non lo dire bisogna far gli ingenui. È come sostenere che tante rotelle si son messe insieme per caso. N'è venuto fuori un carro armato che fa la guerra da sé senza manovratore.

Forse la storia di Pierino ci può dare una chiave. Proviamo a voler bene anche alla sua famiglia. *la casa di Pierino*

Il dottore e sua moglie sono gente in gamba. Leggono, viaggiano, ricevono gli amici, giocano col

* Onorevole Limoni. Discussione alla Camera sulla legge istitutiva della Nuova Media. Seduta del 13-12-1962.

bambino, hanno tempo di stargli dietro, ci sanno anche fare. La casa è piena di libri e di cultura. A cinque anni io maneggiavo la pala con maestria. Pierino il lapis.

Una sera, quasi per scherzo, portata più dai fatti che da altro, viene la decisione: «Che si mette a fare in prima? Mettiamolo in seconda». Lo mandano agli esami senza dargli importanza. Se boccia fa lo stesso.

Non boccia, prende tutti nove. Una serena gioia familiare come sarebbe in casa mia.

piove sul bagnato

Di strano in tutto questo c'è solo la legge che i due sposini hanno trovata scodellata. Proibisce di iscrivere a prima un bambino di cinque anni, ma permette di iscriverne a seconda uno di sei.

È una legge cretina o è fin troppo intelligente?

Quei due non l'hanno scritta. Non ci hanno fatto neanche caso. Allora chi l'ha scritta? La mia mamma?

speciale

Come è successo in prima elementare succede poi anno per anno. Pierino passa sempre e quasi senza studiare.

Io lotto a denti stretti e boccio. A lui gli c'entra anche lo sport, l'Azione Cattolica o la Giovane Italia o la F. G. Comunista, la crisi puberale, l'anno delle malinconie, l'anno della ribellione.*

A 18 anni ha meno equilibrio di quanto ne avevo io a 12. Ma passa sempre. Si laureerà a pieni voti. Farà l'assistente universitario gratis.

* *Giovane Italia* = oggi è un'organizzazione di studenti fascisti.

Sì gratis. Nessuno ci crederebbe: gli assistenti volontari lavorano senza stipendio. *lavora gratis*

Ci siamo imbattuti in un'altra legge strana. Ma ha precedenti gloriosi. Lo Statuto di Carlo Alberto* diceva: «Le funzioni di senatore e deputato non danno luogo a alcuna retribuzione o indennità».**

Questo non è romantico disinteresse, è un sistema raffinato per escludere la razza inferiore senza dirglielo in faccia.

La lotta di classe quando la fanno i signori è signorile. Non scandalizza né i preti né i professori che leggono l'Espresso.

la mamma di Pierino

Pierino dunque diventerà professore. Troverà una moglie come lui. Tireranno su un Pierino a loro volta. Più Pierino che mai.

Trentamila storie così ogni anno.

Se si prende da sola la mamma di Pierino non è una belva. È soltanto poco generosa. Ha chiuso gli occhi sui figlioli degli altri. Non ha proibito a Pierino di frequentare pierini come lui. Lei stessa e il suo marito si circondano di intellettuali. Dunque non vogliono cambiare.

Le 31 mamme dei compagni di Pierino o non hanno tempo come lei o non sanno. Hanno lavori che rendono tanto poco che per viverci bisogna lavorare da piccini a vecchi, dall'alba a notte.

Lei invece fino a 24 anni è stata a scuola. Fra

* *Carlo Alberto* = re di Piemonte Liguria e Sardegna fino al 1848. *Statuto* = una specie di Costituzione sulla quale son state fatte le leggi dal 1848 al 1948.

** Articolo 50. Altrettanto valeva per il Sindaco e la Giunta Comunale. L'articolo 50 è stato ufficialmente in vigore fino al 1948. In Inghilterra i deputati sono pagati dal 1911.

l'altro ha avuto in casa una di quelle 31 mamme. La mamma di un Gianni che per fare le faccende a lei trascura il suo bambino.

Tutto il tempo che ora le avanza è un dono dei poveri o forse un furto dei signori. Perché non lo spartisce?

la parte del leone

In conclusione la mamma di Pierino non è né belva né innocente. Ma sommando migliaia di piccoli egoismi come il suo si fa l'egoismo grande d'una classe che vuol per sé la parte del leone.

Una classe che non ha esitato a scatenare il fascismo, il razzismo, la guerra, la disoccupazione. Se occorresse «cambiare tutto perché non cambi nulla» non esiterà a abbracciare il comunismo.*

Il meccanismo preciso non lo sa nessuno. Ma quando ogni legge sembra tagliata su misura perché giovi a Pierino e freghi noi non si può più credere nel caso.

LA SELEZIONE HA RAGGIUNTO IL SUO SCOPO

all'università

Fra gli studenti universitari i figli di papà sono l'86,5%. I figli di lavoratori dipendenti il 13,5%. Fra i laureati: figli di papà 91,9%, figli di lavoratori dipendenti 8,1%.**

Se i poveri facessero gruppo a sé potrebbero significare qualcosa. Ma non lo fanno. Anzi i figli di papà li accolgono come fratelli e gli regalano tutti i loro difetti.

* La frase fra virgolette è nel romanzo «Il Gattopardo». La dice un principe siciliano all'arrivo dei garibaldini (1860). Poi fa il garibaldino anche lui e così non perde né i soldi né il potere.
** Annuario Statistico Italiano 1963 tav. 113-114. Negli anni successivi manca la rilevazione.

In conclusione 100% di figli di papà.

nei partiti

Le segreterie dei partiti a tutti i livelli sono saldamente in mano ai laureati.

I partiti di massa non si differenziano dagli altri su questo punto. I partiti dei lavoratori non arricciano il naso davanti ai figli di papà. E i figli di papà non arricciano il naso davanti ai partiti dei lavoratori. Purché si tratti di posti direttivi.

Anzi è fine essere «coi poveri». Cioè non proprio «coi poveri» volevo dire «a capo dei poveri».*

i candidati

Le segreterie dei partiti preparano le liste dei candidati per le elezioni. Le ornano in fondo di qualche lavoratore tanto per salvar la faccia. Poi provvedono che le preferenze vadano ai laureati: «lasciate fare a chi sa. Un operaio alla Camera si troverebbe sperso. E poi il dottore è *dei nostri*».

la Camera

In conclusione vanno a far leggi nuove quelli cui vanno bene le leggi vecchie. Gli unici che non son mai vissuti dentro alle cose da cambiare. Gli unici che non son competenti di politica.

Alle Camere i laureati sono il 77%. Dovrebbero rappresentare gli elettori. Ma gli elettori laureati sono l'1,8%.

Operai e sindacalisti alle Camere 8,4%. Fra gli elettori 51,1%. Contadini alle Camere 0,1%. Fra gli elettori 28,8%.**

* Il colmo della raffinatezza è appartenere a un partitello senza massa (socialproletario o cinese). Una manifestazione «cinese» a Firenze nel settembre 1966 era messa su da studenti figli di grossi professori universitari.

** «Elenco alfabetico dei Deputati». Roma 1965. «Elenco dei Senatori» Roma 1966.

potere nero Stokely Carmichael è stato in prigione ventisette volte.* Durante l'ultimo processo dichiarò: «Non c'è un solo bianco di cui mi fidi».

Quando un giovane bianco che aveva speso la vita intera per la causa dei negri gli gridò: «Veramente nemmeno uno, Stokely?». Carmichael si voltò verso il pubblico, guardò l'amico e disse: «No, nemmeno uno».

P.I.L. Se il giovane bianco s'è impermalito dà ragione a Carmichael. Se è davvero coi negri deve inghiottire, ritirarsi in disparte e seguitare a amare. Carmichael forse aspettava quel momento.

I giornali della sinistra e del centro hanno sempre fatto onore agli scritti della nostra scuola. Questa volta forse faranno coro all'astio delle destre. Allora sarà dimostrato che c'è un partito più grosso dei partiti: il Partito Italiano Laureati.

PER CHI LO FATE?

buona fede La buona fede degli insegnanti è un problema a parte. Siete pagati dallo Stato. Avete le creature davanti. Avete studiato storia. La insegnate. Dovreste veder chiaro.

Certo delle creature vedete solo quelle scelte. La cultura v'è toccata farvela sui libri. E i libri sono scritti dalla parte padronale. L'unica che sa scrivere. Ma potevate leggere tra le righe. Possibile che siate ancora in buona fede?

* *Stokely Carmichael* (si pronuncia Stócli Carmáichel) = capo del movimento «Black Power» (si pronuncia blèc póua e vuol dire potere nero) negli Stati Uniti. Quelli di Black Power chiedono il potere perché sono stanchi di chiedere l'eguaglianza e non ottenerla.

il nazista

Cerco di capirvi. Avete un aspetto così rispettabile. Non avete nulla del criminale. Forse qualcosa del criminale nazista. Cittadino onestissimo e obbediente che registra le casse di sapone. Si farebbe scrupolo a sbagliare una cifra (quattro, quattro meno), ma non domanda se è sapone fatto con carne d'uomo.

più timidi di me

Ma per chi lo fate? Che ve ne viene a rendere la scuola odiosa e a buttar Gianni per la strada?

Ora si scoprirà che siete più timidi di me. Temete i genitori di Pierino? I colleghi delle scuole superiori? L'ispettore?

Se la carriera vi preme tanto c'è una soluzione: truccate un po' gli scritti, correggete qualche errore mentre passate tra i banchi.

per l'Onore della scuola

Oppure non temete nulla di esterno e di volgare. Temete solo la vostra coscienza. Ma una coscienza costruita male.

«Considererei questa promozione lesiva dell'onore e della dignità della scuola» mise a verbale un preside. E la scuola chi è? La scuola siamo noi. Come fa a servirla se non serve noi?

per il ragazzo stesso

«Anzi è proprio per il bene del ragazzo stesso. Non dimentichiamo che si tratta di alunni alle soglie della Scuola Superiore» disse pomposamente il preside d'una scuoletta di campagna.

Su 30 ragazzi era già chiaro che alle superiori ne sarebbero andati tre: la Maria del merciaio, l'Anna della maestra e Pierino naturalmente. Ma anche se fossero stati di più, cosa cambiava?

Il preside s'era dimenticato di cambiare disco. Non s'era accorto della nuova popolazione scolastica. Una realtà già viva di 680.000 ragazzi in prima. Tutti poveri. I ricchi in minoranza.

Non una scuola declassata come dice lui. Declassata è la sua. Al servizio di chi ha i soldi per andare avanti.

per la Giustizia

«Passare chi non lo merita è un'ingiustizia verso i più bravi» ci disse un'altra animuccia delicata.

Chiami Pierino in disparte e gli dica come disse il Padrone ai vignaioli:* «Te ti passo perché sai. Hai due fortune: quella di passare e quella di sapere. Gianni lo passo per fargli coraggio, ma ha la disgrazia di non sapere».

per la Società

Un'altra è convinta d'essere responsabile verso la Società: «Oggi lo passo in terza media e domani mi vien fuori un medico!».

eguaglianza

Carriera, cultura, famiglia, onore della scuola, bilancino per pesare i compiti. Son piccinerie. Troppo poco per riempire la vita d'un maestro.

Qualcuno di voi se n'è accorto e non ne sa sortire. Tutto per paura di quella benedetta parola. Eppure non c'è scelta. Quel che non è politica non riempie la vita d'un uomo d'oggi.

In Africa, in Asia, nell'America latina, nel mezzogiorno, in montagna, nei campi, perfino nelle grandi città, milioni di ragazzi aspettano d'essere fatti eguali. Timidi come me, cretini come Sandro, svogliati come Gianni. Il meglio dell'umanità.

LE RIFORME CHE PROPONIAMO

Perché il sogno dell'eguaglianza non resti un sogno vi proponiamo tre riforme.

* Vangelo di S. Matteo capitolo 20.

I – Non bocciare.

II – A quelli che sembrano cretini dargli la scuola a pieno tempo.

III – Agli svogliati basta dargli uno scopo.

I. Non bocciare

il tornitore

Al tornitore non si permette di consegnare solo i pezzi che son riusciti. Altrimenti non farebbe nulla per farli riuscire tutti.

Voi invece sapete di poter scartare i pezzi a vostro piacimento. Perciò vi contentate di controllare quello che riesce da sé per cause estranee alla scuola.

minimo comun denominatore

Oggi questo sistema è illegale.

La Costituzione, nell'articolo 34, promette a tutti otto anni di scuola. Otto anni vuol dire otto classi diverse. Non quattro classi ripetute due volte ognuna. Sennò sarebbe un brutto gioco di parole indegno di una Assemblea Costituente.*

Dunque oggi arrivare a terza media non è un lusso. È un minimo di cultura comune cui ha diritto ognuno.

Chi non l'ha tutta non è Eguale.

le attitudini

Non vi potete più trincerare dietro la teoria razzista delle attitudini.

Tutti i ragazzi sono adatti a far la terza media e tutti sono adatti a tutte le materie.

È comodo dire a un ragazzo: «Per questa materia non ci sei tagliato». Il ragazzo accetta perché è

* Difatti nessuno pose la questione né in sede di Commissione, né durante la discussione in aula (vedi Resoconto stenografico della seduta 29-4-1947).

pigro come il maestro. Ma capisce che il maestro non lo stima Eguale.

È diseducativo dire a un altro: «Per questa materia sei tagliato». Se ha passione per una materia bisogna proibirgli di studiarla. Dargli di limitato o squilibrato. C'è tanto tempo dopo per chiudersi nelle specializzazioni.

a cottimo

Se ognuno di voi sapesse che ha da portare innanzi a ogni costo tutti i ragazzi e in tutte le materie, aguzzerebbe l'ingegno per farli funzionare.

Io vi pagherei a cottimo. Un tanto per ragazzo che impara tutte le materie. O meglio multa per ogni ragazzo che non ne impara una.

Allora l'occhio vi correrebbe sempre su Gianni. Cerchereste nel suo sguardo distratto l'intelligenza che Dio ci ha messa certo eguale agli altri. Lottereste per il bambino che ha più bisogno, trascurando il più fortunato, come si fa in tutte le famiglie. Vi sveglieresté la notte col pensiero fisso su lui a cercare un modo nuovo di far scuola, tagliato su misura sua. Andreste a cercarlo a casa se non torna.

Non vi dareste pace, perché la scuola che perde Gianni non è degna d'essere chiamata scuola.

medioevali siete voi

Noi per i casi estremi si adopra anche la frusta.

Non faccia la schizzinosa e lasci stare le teorie dei pedagogisti. Se vuol la frusta gliela porto io, ma butti giù la penna dal registro. La sua penna lascia il segno per un anno. La frusta il giorno dopo non si conosce più.

Gianni per quella sua penna «moderna» e perbenino non leggerà mai un libro in vita sua. Non saprà mai scrivere una lettera decente. Un castigo sproporzionato e crudele.

L'unico che avrebbe motivo di lamentarsi d'una scuola senza bocciati è l'insegnante di matematica. La lezione di seconda o terza è inutile per chi non sa le cose di prima. *matematica*

Ma la matematica è una materia sola. Non vorrà per tre ore la settimana che il ragazzo non può seguire utilmente, fargliene perdere 23 che sono a sua misura.

Del resto sulla matematica si può fare un discorso come quello che è stato fatto alle Camere per il latino. *ne basta meno*

Quali sono i calcoli che ognuno deve saper fare per le necessità immediate di casa o di un lavoro qualsiasi o della lettura d'un giornale? In altre parole: quale parte della matematica ricorda un uomo colto non specializzato?

Tutta quella che è nel programma degli otto anni escluse le espressioni numeriche e l'algebra.*

Resta il problema d'arricchirsi la lingua del vocabolo algebra. Ma per questo basta una lezione sola d'algebra in tutto l'anno.

II. *Pieno tempo*

Sapete bene che per fare tutto il programma a tutti non bastano le due ore al giorno della scuola attuale. *ripetere*

Finora avete risolto il problema da classisti. Ai poveri fate *ripetere* l'anno. Alla piccola borghesia fate *ripetizioni*. Per la classe più alta non impor-

* *espressioni numeriche* = operazioni complicate con cui alle medie non si può risolvere nessun problema pratico. *algebra* = le stesse operazioni fatte con lettere al posto dei numeri.

ta, tutto è *ripetizione*. Pierino quello che insegnate l'ha già sentito in casa.

Il doposcuola è una soluzione più giusta. Il ragazzo ripete, ma non perde l'anno, non spende e voi gli siete accanto uniti nella colpa e nella pena.*

anticlassismo

Buttiamo giù la maschera. Finché la vostra scuola resta classista e caccia i poveri, l'unica forma di anticlassismo serio è un doposcuola che caccia i ricchi.

Chi non si scandalizza delle bocciature né delle ripetizioni e qui avesse qualcosa da ridire non è onesto.

Pierino non è nato di razza diversa. Lo è diventato per l'ambiente in cui vive *dopo la scuola*. Il doposcuola deve creare quell'ambiente anche per gli altri (ma d'una cultura diversa).

un ambiente

La parola pieno tempo vi fa paura. Vi par già difficile reggere i ragazzi quelle poche ore. Ma è che non avete mai provato.

Finora avete fatto scuola con l'ossessione della campanella, con l'incubo del programma da finire prima di giugno. Non avete potuto allargare la visuale, rispondere alle curiosità dei ragazzi, portare i discorsi fino in fondo.

Così è finito che avete fatto tutto male e siete rimasti scontenti voi e i ragazzi. È la scontentezza che v'ha stancato non le ore.

bisogna crederci

Offrite il vostro doposcuola anche alle elemen-

* Abbiamo volutamente trascurato il problema delle classi differenziali e di aggiornamento. Quando funzionano sono la cosa più bella che abbiate. Ma se farete la scuola a pieno tempo non ne avrete più bisogno.

tari e anche la domenica e nelle vacanze di Natale, Pasqua e estive. Chi può dire che i ragazzi e le famiglie non vogliono una cosa che non gli è stata ancora offerta?

Non dica però di aver offerto il doposcuola quel preside che ha mandato ai genitori una circolare mezza stinta. Il doposcuola va lanciato come si lancia un buon prodotto. Prima di farlo bisogna crederci.

Pieno tempo e famiglia

il celibato

La scuola a pieno tempo presume una famiglia che non intralcia. Per esempio quella di due insegnanti, marito e moglie, che avessero dentro la scuola una casa aperta a tutti e senza orario.

Gandhi l'ha fatto.* E ha mescolato i suoi figlioli agli altri al prezzo di vederli crescere tanto diversi da lui. Ve la sentite?

L'altra soluzione è il celibato.

moglie
macchina
mestiere

È una parola che non è di moda.

Per i preti la Chiesa l'ha capita circa mille anni dopo la morte del Signore.

Gandhi l'ha capita, proprio in vista della scuola, a 35 anni (dopo 22 di matrimonio).**

Mao ha additato all'ammirazione dei compagni un operaio che s'è castrato (i «cinesi» italiani si vergognano a raccontarlo).

88.000

A voi vi ci vorranno altri mille anni per adotta-

* *Gandhi* = santo di religione indiana vissuto nel nostro secolo. Fu ucciso nel 1948.
** I genitori lo avevano fatto sposare a 13 anni secondo un'usanza indiana di quell'epoca.

re il celibato. Ma c'è una cosa che potete far subito: cominciate intanto a dirne bene e valorizzate i celibi che avete.

Su 411.000 insegnanti delle scuole dell'obbligo 88.000 non son sposati. Di questi 88.000, 53.000 non si sposeranno neanche in futuro.* Perché non dire agli altri e a se stessi che non è una disgrazia, ma una fortuna per essere disponibili alla scuola a pieno tempo?

Si usa dire, non so con che fondamento, che oggi i celibi son gli insegnanti meno umani. Domani quando fosse una scelta generosa potrebbero appassionarsi alla scuola, amare i ragazzi e essere amati. E soprattutto aver la gioia d'una scuola che riesce.

Pieno tempo e diritti sindacali

battaglie memorabili

C'è capitato in mano un giornaletto sindacale per insegnanti: «No all'aggravio dell'orario di cattedra! Ci sono state battaglie sindacali memorabili per fissare l'obbligo orario e sarebbe assurdo tornare indietro».**

Ci ha messo in imbarazzo. A rigore non possiamo dir nulla. Tutti i lavoratori lottano per ridurre l'orario e hanno ragione.

privilegio strano

Ma il vostro orario è indecente. Un operaio la-

* Abbiamo ottenuto il dato tenendo per base lo stato civile dei morti e supponendo che gli insegnanti non siano né più né meno celibi degli altri cittadini. Siccome ignoriamo il futuro non esiste altro mezzo di approssimare in percentuale il destino matrimoniale o non dei viventi. Partitamente: insegnanti celibi M. 33.000, F. 55.000. Destinati al celibato M. 14.000 F. 39.000.

** «Il Rinnovamento della scuola» 8 ottobre 1966.

vora 2150 ore l'anno. I vostri colleghi impiegati statali 1630. Voi da un massimo di 738 (maestri) a un minimo di 468 (professori di matematica e lingua straniera).

La scusa che avete da rivedere i compiti a casa e da studiare non vale. Anche i magistrati hanno da scrivere le sentenze. Voi poi i compiti potreste non darli. E se li date potreste correggerli coi ragazzi nel tempo che li fanno.

In quanto a studiare, tutti hanno da studiare. E gli operai ne hanno bisogno più di voi. Eppure se vanno a una scuola serale non pretendono d'essere pagati.

In conclusione diciamo che il vostro orario di lavoro è un privilegio strano. Ve l'ha regalato il padrone fin da principio per motivi suoi. Non è stata una vostra conquista sindacale.

esaurimento nervoso

Nello stesso giornaletto si legge che le vostre ore settimanali sono: «... sufficienti a esaurire la capacità di dispendio psicofisico di una persona normale».

Un operaio a una pressa sta otto ore al giorno teso nel terrore di lasciarci le braccia. Davanti a lui non lo direste.

Ci sono poi migliaia di professori che non sono stanchi per far ripetizioni a chi li paga. Finché non vi sarete ripuliti di loro, siete dall'altra parte. È difficile vedere in voi dei lavoratori con diritti sindacali.

sciopero

Per esempio lo sciopero. È un diritto sacro del lavoratore. Ma con l'orario che fate il vostro sciopero fa schifo.

Se studierete Gandhi scoprirete infinite altre

tecniche di lotta identiche allo sciopero nella sostanza e diverse nella forma.

Una soluzione potrebbe essere d'iscrivervi al sindacato magistrati e scioperare solo nelle ore in cui lavorate da giudici: interrogazioni, scrutini, esami, registri da riempire.

Quando invece toccate quelle poche ore di insegnamento la gente capisce che di noi non ve ne importa nulla.

Chi farà la scuola a pieno tempo?

Coll'orario che fate la scuola è guerra ai poveri. Se lo Stato non può imporvi aumenti d'orario non può fare scuola.

È una conclusione grave. Finora si diceva che la scuola statale è un progresso rispetto alla privata. Ora bisognerà ripensarci e rimettere la scuola in mano d'altri. Di gente che abbia un motivo ideale per farla e farla a noi.

attenzione ai vocaboli

Teniamo i piedi in terra.

La mattina e d'inverno la scuola la farà lo Stato. E seguiterà a farla «interclassista» (attenzione ai vocaboli: il classismo dei ricchi si chiama interclassismo).

Nel pomeriggio e d'estate bisogna che la faccia qualcun altro e che la faccia anticlassista (attenzione ai vocaboli: l'anticlassismo i ricchi lo chiamano classismo).

il Comune

La prima soluzione è di rivolgersi alle Amministrazioni Comunali. Si facciano conoscere dalla politica scolastica se son per noi. Asfalto, lampioni e campo sportivo sanno metterli anche i monarchici.

Se la Giunta Provinciale Amministrativa taglia la

spesa perché «non rientra nelle attribuzioni dei comuni» rispondano che è una legge fascista (1931), resistano, si facciano sentire.

È comodo dar la colpa al prefetto e non far nulla.

i comunisti

Ma può succedere che il Comune non ne voglia sapere. Perfino i comunisti son timidi in fatto di classismo. Se la sentiranno d'urtare gli impiegati e i bottegai?

Un pezzo grosso del partito ci disse che la scuola tocca allo Stato: «Quando saremo al potere noi...». Dalla liberazione son passati vent'anni. I comunisti al potere non ci sono andati. Campa contadino che l'erba cresce.

i preti

I preti forse potrebbero fare il doposcuola. Ma molti non sanno amare con la durezza del Signore. Credono che il sistema migliore per educare i ricchi sia di sopportarli.

i sindacalisti

Le uniche organizzazioni di classe sono i sindacati. Dunque il doposcuola tocca a loro.

I sindacalisti per ora non ne vogliono sapere. Dicono che in una democrazia moderna ogni ente ha la sua funzione e non deve scantonare.

Anche loro soffrono un po' di timidezza.

Eppure si lamentano della gioventù d'oggi indifferente a tutto. Dicono che diventa sempre più difficile convincere allo sciopero, fare iscritti, attivisti, operatori a pieno tempo. E intanto lasciano che i giovani vengano su alla scuola del padrone.

almeno provate

Quando i sindacati avranno battuto la testa ci ripenseranno sopra. Ma intanto potrebbero fare almeno un esperimento locale.

CGIL e CISL associate fra loro oppure in concorrenza.

La scuola costa poco, un po' di gesso, una lavagna, qualche libro regalato, quattro ragazzi più grandi a insegnare, un conferenziere ogni tanto a dire cose nuove gratis.

Pieno tempo e contenuto

don Borghi

Mentre scrivevamo questa lettera è venuto a trovarci don Borghi. Ci ha fatto questa critica: «A voi pare tanto importante che i ragazzi vadano a scuola tutti e che ci stiano tutto il giorno. Ne usciranno individualisti e apolitici come gli studenti che c'è in giro. Il terreno che occorre per il fascismo.

Finché gli insegnanti e le materie di studio sono quelli che sono, meno i ragazzi ci stanno e meglio è. È una scuola migliore l'officina.

Per mutare insegnanti e contenuto ci vuole ben altro che la vostra lettera. Questi problemi vanno risolti sul piano politico».

in mancanza di meglio

È vero. Un parlamento che rispecchiasse le esigenze di tutto il popolo e non soltanto della borghesia, con un par di leggi penali vi metterebbe a posto. Voi e i programmi.

Ma in parlamento bisogna andarci noi. I bianchi non faranno mai le leggi che occorrono per i negri.

Per andare in parlamento bisogna impadronirsi della lingua. Per ora, in mancanza di meglio, è bene che i ragazzi vengano a scuola anche da voi.

deformazione professionale

Poi di certo non siete tutti come pensa il Borghi.

Forse vi siete deformati proprio facendo scuola in una scuola così. Non avete preferito i signorini per malizia, è solo che li avete avuti troppo sotto gli occhi. Troppi di numero e troppo tempo.

Alla fine vi siete affezionati a loro, alle loro famiglie, al loro mondo, al giornale che si legge in casa loro.

Chi ama le creature che stanno bene resta apolitico. Non vuol cambiare nulla.

la pressione dei poveri

Ora le cose stanno trasformandosi. La popolazione scolastica cresce anche malgrado le vostre bocciature.

Con una massa di poveri che preme, che ha bisogno di cose elementari, non potrete spingere il programma per Pierino.

Tanto più se farete la scuola a pieno tempo. I ragazzi dei poveri vi rifaranno nuovi voi e i programmi.

Conoscere i ragazzi dei poveri e amare la politica è un tutt'uno. Non si può amare creature segnate da leggi ingiuste e non volere leggi migliori.

III. Un fine

la scuola dei preti

Una volta c'era la scuola confessionale.* Quella un fine l'aveva e degno d'essere cercato. Ma non serviva gli atei.

Tutti aspettavano che la sostituiste con qualcosa di grandioso. Poi avete partorito il topolino: la scuola per il tornaconto individuale.

Ora la scuola confessionale non esiste più. I preti hanno chiesto la parificazione e danno voti e di-

* *scuola confessionale* = scuola che dichiara apertamente di voler portare i ragazzi a una data religione o idea politica.

plomi come voi. Anche loro propongono ai ragazzi il Dio Quattrino.

la scuola comunista

La scuola comunista proporrebbe qualcosa di un po' meglio. Ma non vorrei esser maestro e dover misurare le parole. Vedere negli occhi dei ragazzi il dubbio: dice quello che è vero o quello che conviene?

È proprio necessario pagare l'eguaglianza a questo prezzo?

cercasi fine onesto

Cercasi un fine.

Bisogna che sia onesto. Grande. Che non presupponga nel ragazzo null'altro che d'essere uomo. Cioè che vada bene per credenti e atei.

Io lo conosco. Il priore me l'ha imposto fin da quando avevo 11 anni e ne ringrazio Dio. Ho risparmiato tanto tempo. Ho saputo minuto per minuto perché studiavo.

fine ultimo

Il fine giusto è dedicarsi al prossimo.

E in questo secolo come vuole amare se non con la politica o col sindacato o con la scuola? Siamo sovrani. Non è più il tempo delle elemosine, ma delle scelte. Contro i classisti che siete voi, contro la fame, l'analfabetismo, il razzismo, le guerre coloniali.

fine immediato

Ma questo è solo il fine ultimo da ricordare ogni tanto. Quello immediato da ricordare minuto per minuto è d'intendere gli altri e farsi intendere.

E non basta certo l'italiano, che nel mondo non conta nulla. Gli uomini hanno bisogno d'amarsi anche al di là delle frontiere. Dunque bisogna studiare molte lingue e tutte vive.

La lingua poi è formata dai vocaboli d'ogni materia. Per cui bisogna sfiorare tutte le materie un po' alla meglio per arricchirsi la parola. Essere dilettanti in tutto e specialisti solo nell'arte del parlare.

classico e scientifico

Quando la nuova media fu discussa in parlamento noi, i muti, si stette zitti perché non c'eravamo. L'Italia contadina assente là dove si parlava della scuola per lei.

Discussioni interminabili tra parti che sembravano opposte e erano eguali.*

Tutti usciti dai licei. Incapaci di vedere un palmo più in là della scuola che li aveva partoriti. Come avrebbe potuto un signorino parlarsi addosso? Sputare su se stesso, sulla cultura deforme che era lui, era le parole stesse che diceva.

I deputati si divisero in due parti. Le destre a proporre il latino. Le sinistre le scienze. Non ci fu uno che pensasse a noi, che ci fosse stato dentro, che avesse faticato a seguire la vostra scuola.**

Topi di museo le destre. Topi di laboratorio i comunisti. Lontani gli uni e gli altri da noi che non si parla e s'ha bisogno di lingua d'oggi e non di ieri, di lingua e non di specializzazioni.

sovrani

Perché è solo la lingua che fa eguali. Eguale è chi sa esprimersi e intende l'espressione altrui. Che sia ricco o povero importa meno. Basta che parli. Gli onorevoli costituenti credevano che si patisse tutti la voglia di cucir budella o di scrivere ingegnere sulla carta intestata: «I capaci e meritevoli

* Non lo diciamo a caso. Due di noi si son lette con pazienza 156 pagine d'atti parlamentari.

** Il deputato comunista De Grada nella seduta 14-12-1962 ha dichiarato che «a leggere e scrivere si impara nelle elementari».

anche se privi di mezzi hanno diritto di raggiungere i gradi più alti degli studi».*

Tentiamo invece di educare i ragazzi a più ambizione. Diventare sovrani! Altro che medico o ingegnere.

gli arrivisti

Quando possederemo tutti la parola, gli arrivisti seguitino pure i loro studi. Vadano all'università, arraffino diplomi, facciano quattrini, assicurino gli specialisti che occorrono.

Basta che non chiedano una fetta più grande di potere come han fatto finora.

sparisci

Povero Pierino, mi fai quasi compassione. Il privilegio l'hai pagato caro. Deformato dalla specializzazione, dai libri, dal contatto con gente tutta eguale. Perché non vieni via?

Lascia l'università, le cariche, i partiti. Mettiti subito a insegnare. La lingua solo e null'altro.

Fai strada ai poveri senza farti strada. Smetti di leggere, sparisci. È l'ultima missione della tua classe.

salvarsi l'anima

Non tentare di salvare gli amici vecchi. Se gli riparli anche una volta sola sei sempre come prima.

Neanche per la scienza non ti dar pensiero. Basteranno gli avari a coltivarla. Faranno anche le scoperte che servono per noi. Irrigheranno il deserto, caveranno bracioline dal mare, vinceranno malattie.

A te che te ne importa? Non dannarti l'anima e l'amore per cose che andranno avanti anche da sé.

* Articolo 34 della Costituzione.

Parte seconda

ALLE MAGISTRALI BOCCIATE PURE, MA...

INGHILTERRA

Dopo la licenza partii per l'Inghilterra. Avevo 15 anni. Prima lavorai da un contadino a Canterbury. Poi da un vinaio a Londra. *l'esame vero*

Nella nostra scuola l'andare all'estero equivale ai vostri esami. Ma è esame e scuola insieme. Si prova la cultura al vaglio della vita.

In conclusione è un esame più severo dei vostri, ma almeno non si perde tempo sulle cose morte.

Al nostro esame sono passato bene. Sono tornato a casa vivo e ho riportato anche quattrini. Ma soprattutto sono tornato pieno di cose capite che sapevo raccontare. *Suez*

Prima di me, di casa nostra, era stato all'estero solo lo zio Renato. In Etiopia alla guerra. Da piccino appena seppi un po' di geografia gli chiesi di raccontarmi del canale di Suez. Non s'era accorto d'esserci passato.

Me all'estero a ammazzare contadini non mi ci porterete. Ci son stato in casa. C'era un ragazzo della mia età. Una figliola più piccola. Hanno una stalla come noi, raccolgono patate, fanno fatica. Perché dovrei ammazzarli? *pacifista*

Mi è molto più straniera lei. Ma stia tranquilla, purtroppo mi hanno educato pacifista.

cockney A Londra stanno peggio che in campagna. Eravamo nei sotterranei della City a scaricare camion.* I miei compagni di lavoro erano inglesi e non sapevano scrivere una lettera in inglese. Spesso se la facevano scrivere da Dick. Dick qualche volta chiedeva consiglio a me che ho studiato sui dischi. Anche lui parla soltanto cockney.

Cinque metri sopra le nostre teste c'erano quelli che parlano «l'inglese della regina».

Il cockney non è molto diverso, ma chi lo parla è segnato. Nelle loro scuole non bocciano. Deviano verso scuole di minor pregio. I poveri nelle loro si perfezionano a parlar male. I ricchi a parlar bene. Dalla pronuncia si capisce quanto uno è ricco e che mestiere fa il suo babbo. In caso di rivoluzione si sbudelleranno tutti facilmente.

contro un muro Quando tornai in Italia non mi ricordavo nemmeno d'essere stato timido.

Spiegarsi alle frontiere, leticare col principale e coi monarchici, difendersi dai razzisti e dai finocchi, risparmiare, decidere, mangiare strano, aspettare la posta, inghiottire nostalgia. Mi pareva d'aver provato tutto ormai e d'aver vinto.

Mi mancava solo di conoscere la vostra scuola da vicino. Ora l'ho provata. È stato come battere in un muro.

o noi o voi Eppure i miei compagni hanno sfondato da per tutto. Alcuni son già sindacalisti a pieno tempo e riescono. Altri sono in officina a Firenze e non si

* *City* (si pronuncia Siti) = quartiere di Londra dove hanno la sede i grossi commercianti.
cockney (si pronuncia còcni) = dialetto dei poveri di Londra.

fanno intimidire da nessuno. Lavorano nei sindacati, nei partiti e sulle amministrazioni comunali.

Perfino i due che son venuti all'Istituto Tecnico sono riusciti. Passano come pierini.

La nostra cultura regge da per tutto dove è vita vera. Alle magistrali non serve.

Studiamo un po' la cosa com'è andata. O noi o voi. Qualcuno è fuori strada.

orario

Per venire a Firenze mi levavo alle cinque. In motorino a Vicchio, poi in treno. In treno è difficile studiare: sonno, folla, baccano.

Alle otto ero sul portone della scuola a aspettare quelli che si levano alle sette. Quattro ore al giorno di svantaggio.

calendario

Io il primo ottobre c'ero. Lei no. Ci dissero di tornare il sei. Alla «Leonardo» gli han detto di tornare il tredici.

La responsabilità del ritardo è un misto di santi e di svogliati. Perfino S. Francesco vi serve da pretesto per rubare ai poveri un altro giorno di scuola. Dopo quattro mesi d'abbandono.

Gli svogliati non ho capito bene se sono al livello della scuola, del provveditorato o del ministero. Certo è gente pagata 13 mesi l'anno.

Se un operaio timbra con cinque minuti di ritardo gli levano mezz'ora. Se lo fa spesso perde il posto.

Le ferrovie sono statali come voi e vanno. Quando traversiamo un passaggio a livello siamo tranquilli. Il casellante è al suo posto di lavoro. Estate e inverno, giorno e notte. Se ne manca uno, anche una volta sola, ne parlano i giornali. Non ci racconta storie sulla graduatoria, sui supplenti, sul mal di pancia del bambino. Va in galera.

Perché solo voi potete fare gli speciali?

Forse al padrone preme più che funzioni il treno che la scuola. La scuola il suo figliolo ce l'ha in casa, perfino a tavola, il treno no.

Al padrone basta che siate pronti a giugno a dar diplomi.

SELEZIONE SUICIDA

smemorato Nella prima parte di questa lettera s'è visto quanto danno fate agli scartati. A Firenze ho visto quanta ragione aveva il Borghi. Il danno più profondo glie lo fate agli scelti.

Il ragazzo che passa sempre resta nella classe. Più stabile degli insegnanti. Dovrebbe potersi legare ai compagni, interessarsi di come son finiti.

Ma sono troppi. Nel giro d'otto anni gli son stati tagliati di dosso e bruciati come rami secchi quaranta compagni. Dopo la media altri cinque hanno lasciato la scuola quantunque fossero passati e fa 45. Di loro e dei loro problemi non sa più nulla.

superbo In seconda elementare Pierino era con tutti. In quinta è già in un gruppo più limitato. Su 100 persone che incontra per strada 40 gli son già «inferiori».

Dopo la licenza media gli «inferiori» salgono a 90 su 100. Dopo il diploma a 96. Dopo la laurea a 99.*

Ogni volta ha visto la sua pagella migliore di quella dei compagni che ha perso. I professori che hanno scritto quelle pagelle gli hanno impresso nell'anima che gli altri 99 sono di cultura inferiore.

* Censimento 1961 v. Compendio Statistico Italiano 1966 tavola 17. Licenza elementare 27.590.000 (60,5%). Media inferiore 4.375.000 (9,6%). Diploma 1.940.000 (4,2%). Laurea 603.000 (1,3%).

A questo punto sarebbe un miracolo che la sua anima non ne sortisse malata.

il compenso dei poveri

È malata davvero perché i professori gli han detto una bugia. La cultura di quei 99 non è inferiore, è diversa.

La cultura vera, quella che ancora non ha posseduto nessun uomo, è fatta di due cose: appartenere alla massa e possedere la parola.

Una scuola che seleziona distrugge la cultura. Ai poveri toglie il mezzo d'espressione. Ai ricchi toglie la conoscenza delle cose.

Gianni disgraziato perché non si sa esprimere, lui fortunato che appartiene al mondo grande. Fratello di tutta l'Africa, dell'Asia, dell'America Latina. Conoscitore da dentro dei bisogni dei più.

Pierino fortunato perché sa parlare. Disgraziato perché parla troppo. Lui che non ha nulla d'importante da dire. Lui che ripete solo cose lette sui libri, scritte da un altro come lui. Lui chiuso in un gruppetto raffinato. Tagliato fuori dalla storia e dalla geografia.

La scuola selettiva è un peccato contro Dio e contro gli uomini. Ma Dio ha difeso i suoi poveri. Voi li volete muti e Dio v'ha fatto ciechi.

ciechi

Chi non ci crede vada in città nel giorno della festa delle matricole.*

I signorini si vergognano così poco del loro privilegio che si mettono un berretto per farsi riconoscere. Poi, per un giorno intero, recitano soli come cani nel mezzo delle strade. Oscenità, infrazioni alla legge, disturbo al traffico e al lavoro. Levano

* *matricole* = studenti del primo anno di università.

il berretto a un vigile e glie ne mettono un altro con le canne da clistere.

Il vigile sopporta in silenzio. Ha capito cosa vuole il padrone. Si chiama disordine solo quello che fanno gli operai quando scioperano, seri, ordinati, mossi da una necessità disperata.

I signorini intenti a recitare non s'accorgono che il servilismo di quel poliziotto è un'accusa contro di loro.

Come non s'accorgono dello sguardo d'un operaio che passa e non ride. Sono capaci di fermarlo e chiedere l'elemosina anche a lui.

mantenuti

L'elemosina l'operaio glie la fa tutti i giorni perfino quando sala la minestra.* Gli studenti stanno studiando a spese sue. Ma loro non lo sanno o non lo vogliono sapere.

Uno studente delle medie superiori costa ai poveri 298.000 lire l'anno. Il suo babbo ne spende in tasse scolastiche 9.800. Uno studente universitario costa ai poveri 368.000 lire l'anno. Il suo babbo ce ne mette 44.000.

Un medico costa ai poveri complessivamente 4.586.000 lire. Il suo babbo ce ne mette 244.000.** Poi con quella laurea che gli hanno regalato i poveri chiede ai poveri 1.500 lire per una visita di un quarto d'ora, sciopera contro la loro Mutua e è contrario alla medicina nazionalizzata di tipo inglese.

* L'imposta sul consumo del sale getta 19 miliardi l'anno.

** «Relazione generale sulla situazione economica del Paese 1965» Vol. II pag. 495 (bozze di stampa). La tassa universitaria di 44.000 lire è quella di medicina che è fra le più alte.

fascisti potenziali

La maggioranza dei compagni che ho trovato a Firenze non legge mai il giornale. Chi lo legge, legge il giornale padronale. Ho chiesto a uno se sa chi lo finanzia: «Nessuno. È indipendente».

Non vogliono saperne di politica. Uno a sentirmi parlare di sindacato lo confondeva col sindaco. Dello sciopero hanno sentito dire soltanto che danneggia la produzione. Non si domandano se è vero.

Tre sono fascisti dichiarati.

Ventotto apolitici più 3 fascisti eguale 31 fascisti.

più ciechi ancora

Ci sono studenti e intellettuali un po' diversi: leggono tutto, militano nei partiti di sinistra. Ma forse sono più ciechi ancora.

Il professore più a sinistra l'ho sentito parlare per l'Associazione Insegnanti e Famiglie. A proposito di doposcuola gli scappò detto: «Ma voi non sapete che io faccio 18 ore di scuola la settimana!»

La sala era piena di operai che si levano alle quattro per il treno delle 5,39. Di contadini che, d'estate, 18 ore le fanno tutti i giorni.

Nessuno rispose, né sorrise. Cinquanta sguardi impenetrabili lo fissavano in silenzio.

IL FINE

acerbi

Il frutto della selezione è un frutto acerbo che non matura mai. M'accorsi che la maggioranza dei miei compagni era alle magistrali per caso o per scelta dei genitori.

Io sono arrivato sulla porta della vostra scuola con una cartella nuova. Me l'hanno regalata i miei scolari. A 15 anni avevo già avuto il mio primo stipendio di maestro.

A lei non glie l'ho detto, ai compagni nemmeno. Avrò sbagliato anch'io, ma nella vostra scuola è difficile parlare. Chi sa cosa vuole e vuol fare del bene passa da cretino.

avari

Nessuno dei miei compagni parlava di fare il maestro. Uno mi disse: «Io voglio andare in banca. Alle tecniche c'è troppa matematica, al liceo troppo latino, così sono venuto qui».

L'ultimo dato su quelli come lui è nel censimento 1961. Avevano il diploma magistrale 675.975 cittadini.* Leviamo 60.000 maestri pensionati, 201.000 che facevano scuola in quell'anno e 120.000 che desideravano farla (cioè i candidati al concorso). Restano circa 330.000 cittadini che potrebbero insegnare e non insegnano (43%).

scontenti

Più d'uno dei miei compagni mi disse che voleva andare all'università e non sapeva in che ramo.

Gli abilitati del '63 furono 22.266. L'anno seguente ne troviamo iscritti all'università 13.370.

Su 100 ragazzi che abilitate maestri, 60 non sono contenti.**

dicesi maestro

Una sola compagna mi parve un po' elevata. Studiava per amore allo studio. Leggeva dei bei libri. Si chiudeva in camera a ascoltare Bach.***

È il frutto massimo cui può aspirare una scuola come la vostra.

A me invece m'hanno insegnato che questa è

* Nel censimento si dichiarava il più alto titolo di studio. Mancano quindi in questa cifra quelli che dopo le magistrali si sono laureati.

** «Annuario Statistico dell'Istruzione Italiana 1965» tav. 152 e tav. 200.

*** *Bach* = musicista tedesco del 1700.

la più brutta tentazione. Il sapere serve solo per darlo. «Dicesi maestro chi non ha nessun interesse culturale quando è solo».

scuola chiusa

Capisco che dev'essere scoraggiante anche per voi parlare del maestro a ragazzi come quelli. Ma sono i ragazzi che hanno sciupato voi o voi i ragazzi?

C'è la tendenza a estendere il numero delle facoltà a cui s'accede dalle magistrali. Così la preparazione dei maestri diventa sempre più generica e svogliata.

Per fare un buon maestro occorre una scuola chiusa che non dia sbocco a nulla. Che ci si senta uno spostato chi viene per andare in banca. Che ci si senta a casa sua il ragazzo di razza contadina che ha già scelto.

selezione doverosa

Il problema qui si presenta tutto diverso da quello della scuola dell'obbligo. Là ognuno ha un diritto profondo a essere fatto eguale. Qui invece si tratta solo di abilitazioni.

Si costruiscono cittadini specializzati al servizio degli altri. Si vogliono sicuri.

Per esempio per le patenti siate severi. Non vogliamo essere falciati per le strade. Lo stesso per il farmacista, per il medico, per l'ingegnere.

occhio allo scopo

Ma non bocciate l'autista perché non sa la matematica o il medico perché non sa i poeti.

Lei a me m'ha detto testualmente: «Vedi, il latino non lo sai. Perché non vai a una scuola tecnica?».

Siete sicuri che per fare un buon maestro sia indispensabile il latino? Forse non ci avete pensato. La parola maestro non vi viene alla mente. Vedete solo i programmi così come sono e non reagite.

l'individuo Se vi foste interessati di me quanto bastava per domandarvi di dove venivo, chi ero, dove andavo, il latino vi si sarebbe un po' sfocato dinanzi agli occhi.

Ma forse avreste avuto da ridire. A voi vi fa paura un ragazzo che a 15 anni sa cosa vuole. Ci sentite l'influenza del maestro.

Guai a chi vi tocca l'Individuo. Il Libero Sviluppo della Personalità è il vostro credo supremo. Della società e dei suoi bisogni non ve ne importa nulla.

Io sono un ragazzo influenzato dal maestro e me ne vanto. Se ne vanta anche lui. Sennò la scuola in che consiste?

La scuola è l'unica differenza che c'è tra l'uomo e gli animali. Il maestro dà al ragazzo tutto quello che crede, ama, spera. Il ragazzo crescendo ci aggiunge qualche cosa e così l'umanità va avanti.

Gli animali non vanno a scuola. Nel Libero Sviluppo della loro Personalità le rondini fanno il nido eguale da millenni.

il Seminario Mi han detto che perfino in seminario ci sono dei ragazzi che si tormentano per trovare la *loro* vocazione. Se gli aveste detto fin dalle elementari che la vocazione l'abbiamo tutti eguale: fare il bene là dove siamo, non sciuperebbero gli anni migliori della loro vita a pensare a se stessi.

Scuola di Servizio Sociale Al massimo se volete lasciare ancora un po' di tempo per le scelte precise si potrebbe fare due scuole.

Una chiamarla «Scuola di Servizio Sociale» dai 14 ai 18 anni. Ci vanno quelli che hanno deciso di spendere la vita solo per gli altri. Con gli stessi studi si farebbe il prete, il maestro (per gli otto anni dell'obbligo), il sindacalista, l'uomo politico. Magari con un anno di specializzazione.

Le altre le chiameremo «Scuole di Servizio dell'Io» e si potrebbe lasciare quelle che c'è ora senza ritocchi.

mirare alto

La Scuola di Servizio Sociale potrebbe levarsi il gusto di mirare alto. Senza voti, senza registro, senza gioco, senza vacanze, senza debolezze verso il matrimonio o la carriera. Tutti i ragazzi indirizzati alla dedizione totale.

Poi per strada qualcuno può colpire un po' meno alto. Trovare una figliola, adattarsi a amare una famiglia più ristretta.

Se ha passato gli anni migliori della vita a prepararsi per la famiglia immensa, non avrà perso nulla. Anzi sarà un babbo o una mamma migliore, pieno di ideali, capace di tirar su un ragazzo che torni a quella scuola.

La vostra scuola di servizio dell'io vorrebbe preparare tutti al matrimonio. Ci riesce poco anche per chi si sposa. Chi poi non si sposa diventa uno zitellone inacidito.

maestri disoccupati

Si sente lamentare che c'è troppi maestri. Non è vero. È che quel posto ha fatto gola a tanti cui di fare il maestro non importa nulla. Se aumentate l'orario spariranno tutti.

Una maestra sposata prende uno stipendio eguale a quello del marito. Ma in pratica esce di casa quanto una casalinga. Sposa e madre esemplare. A ogni raffreddore del bambino resta a casa. Chi non la piglierebbe una moglie così?

Poi ci sono decine di migliaia di posti scoperti nelle medie. Li avete dati a chiunque fosse della razza laureata o della razza che si laurea (farmacisti, veterinari, studentelli).

Li avete negati ai maestri, che avevano anni d'esperienza nella scuola.

casta I deputati che c'è ora non apriranno mai le medie ai maestri.

Al contrario. Alcuni propongono di esigere la laurea anche per chi insegna nelle elementari. Dicono che ormai pedagogia e psicologia son scienze. Vanno affrontate all'università.

Quando i laureati criticano la scuola e la dicono malata si dimenticano d'esserne i prodotti. Hanno poppato l'infezione fino ai 25 anni. Non son più capaci di pensare che possa valer qualcosa chi non ha fatto i loro studi.

Però, quando vanno a parlare col maestro del bambino, parlano come si parlerebbe a uno di casa. Non nascondono nulla, collaborano.

Quando parlano col professore delle medie, misurano le parole come chi parla a un avversario.

Non lo vogliono dire, ma lo sanno anche loro. I maestri valgono perché son stati poco a scuola. I professori sono quello che sono perché son tutti laureati.

LA CULTURA CHE OCCORRE

esodo Sui monti non ci possiamo stare. Nei campi siamo troppi. Tutti gli economisti sono d'accordo su questo punto.

E se anche non fossero? Si metta nei panni dei miei genitori. Lei non permetterebbe che suo figlio restasse tagliato fuori. Dunque ci dovete accogliere. Ma non come cittadini di seconda buoni solo per manovale.

Ogni popolo ha la sua cultura e nessun popolo ce n'ha meno di un altro. La nostra è un dono che vi portiamo. Un po' di vita nell'arido dei vostri libri scritti da gente che ha letto solo libri.

Se si sfoglia un sussidiario è tutto piante, animali, stagioni. Sembra che possa scriverlo soltanto un contadino.

cultura agricola

Invece gli autori escono dalla vostra scuola. Basta guardare le figure: contadini mancini, vanghe tonde, zappe a uncinetto, fabbri con gli arnesi dei romani, ciliegi con le foglie di susino.

La mia maestra di prima elementare mi disse: «Monta su quell'albero e coglimi due ciliege». Quando lo seppe la mia mamma disse: «O chi le ha dato la patente?»

Avete dato l'abilitazione a lei e la negate a me che d'albero non glie l'ho mai dato a nessuno in vita mia. Li conosco per nome a uno a uno.

Conosco anche i sormenti. Li ho potati, li ho raccolti, ci ho cotto il pane. Lei su un compito m'ha segnato *sormenti* come errore. Sostiene che si dice *sarmenti* perché lo dicevano i latini. Poi di nascosto va a cercare sul vocabolario cosa sono.

Anche sugli uomini ne sapete meno di noi. L'ascensore è una macchina per ignorare i coinquilini. L'automobile per ignorare la gente che va in tram. Il telefono per non vedere in faccia e non entrare in casa.

soli come cani

Forse lei no, ma i suoi ragazzi che sanno Cicerone di quanti vivi conoscono la famiglia da vicino?* Di quanti sono entrati in cucina? A quan-

* *Cicerone* = scrittore latino.

ti hanno fatto nottata? Di quanti hanno portato in spalla i morti? Su quanti possono far conto in caso di bisogno?

Se non ci fosse stata l'alluvione non saprebbero ancora quanti sono nella famiglia al piano terreno.

Io con quei compagni sono stato a scuola un anno e della loro casa non so nulla. Eppure non si chetano mai. Spesso sovrappongono le voci e seguitano a parlare come se niente fosse. Tanto ognuno ascolta solo se stesso.

cultura umana A lei le rombano sotto le finestre mille motori al giorno. Non sa chi sono né dove vanno.

Io so leggere i suoni di questa valle per chilometri intorno. Questo motore lontano è Nevio, che va alla stazione un po' in ritardo. Vuole che le dica tutto su centinaia di creature, decine di famiglie, parentele, legami?

Lei se parla con un operaio sbaglia tutto: le parole, il tono, gli scherzi. Io so cosa pensa un montanaro quando sta zitto e so la cosa che pensa mentre ne dice un'altra.

Questa è la cultura che avrebbero voluto avere i poeti che lei ama. Nove decimi del mondo l'hanno e nessuno è riuscito a scriverla, dipingerla, filmarla.

Siate umili almeno. La vostra cultura ha lacune grandi come le nostre. Forse più grandi. Certo più dannose per un maestro elementare.

LA CULTURA CHE CHIEDETE

latino Da voi la materia più importante è quella che non dovremo mai insegnare.

Pretendete perfino che si traduca dall'italiano

in latino. Ma chi l'ha messo il segno dove finisce il latino e comincia l'italiano?

Qualcuno, chissà chi, v'ha scritto perfino una grammatica. Ma è una truffa volgare. A ogni regola ci vorrebbe la data e la regione dove si diceva così.

I ragazzi arrivisti accettano l'imposizione, se la imparano a mente. Gli importa solo di passare e di rifare il gioco quando saranno professori.

Lei su un compito m'ha segnato «portavit».* Per lei è un delitto fare le cose semplici quando si posson fare complicate. Il curioso è che Cicerone spesso diceva «porto». Era romano e manco lo sapeva.**

matematica

La seconda materia sbagliata è matematica. Per insegnarla alle elementari basta sapere quella delle elementari. Chi ha fatto terza media ne ha tre anni di troppo. Nel programma delle magistrali si può dunque abolire.

Piuttosto bisognerà imparare il modo di insegnarla, ma questo non è matematica. Riguarda il tirocinio o la pedagogia.

In quanto alla matematica superiore come parte della cultura generale si può provvedere in altro modo. Due o tre conferenze d'uno specialista che sappia dire a parole in che consiste.

Se domani verrà affidata ai maestri tutta la scuola dell'obbligo il problema non cambia.

Non è vero che occorra la laurea per insegnare matematica alle medie. È una bugia inventata dalla

* *portavit* = in latino per dire portare ci sono due verbi. Uno facile (porto) e uno difficile (fero).

** Verso della «Scoperta dell'America» di Cesare Pascarella (poeta romanesco).

casta che ha i figlioli laureati. Ha messo la zampa su 20.478 posti di lavoro un po' speciali. È la cattedra dove si lavora meno (16 ore settimanali). È quella in cui non occorre aggiornarsi. Basta ripetere per anni le stesse cretinate che sa ogni bravo ragazzino di terza media. La correzione dei compiti si fa in un quarto d'ora. Quelli che non son giusti son sbagliati.

filosofia

I filosofi studiati sul manuale diventan tutti odiosi.* Sono troppi e hanno detto troppe cose.

Il nostro professore non s'è mai schierato. Non s'è capito se gli vanno bene tutti o se non glie ne importa di nessuno.

Io tra un professore indifferente e un maniaco preferisco il maniaco. Uno che abbia o un pensiero suo o un filosofo che gli va bene. Parli solo di quello, dica male degli altri, ce lo legga sull'originale per tre anni di seguito. Sortiremo di scuola convinti che la filosofia può riempire una vita.

pedagogia

La pedagogia così com'è io la leverei. Ma non ne son sicuro. Forse se ne faceste di più si scoprirebbe che ha qualcosa da dirci.

Poi forse si scoprirà che ha da dirci una cosa sola. Che i ragazzi son tutti diversi, son diversi i momenti storici e ogni momento dello stesso ragazzo, son diversi i paesi, gli ambienti, le famiglie.

Allora di tutto il libro basterebbe una paginetta che dicesse questo e il resto si potrebbe buttar via.

A Barbiana non passava giorno che non s'en-

* *filosofo* = pensatore.
manuale di filosofia = libro che riassume quello che hanno detto i filosofi nei loro libri.

trasse in problemi pedagogici. Ma non con questo nome. Per noi avevano sempre il nome preciso di un ragazzo. Caso per caso, ora per ora.

Io non ci credo che esista un trattato scritto da un signore con dentro qualcosa su Gianni che non si sa noi.

Vangelo

Tre anni su tre brutte traduzioni di poemi antichi (Iliade, Odissea, Eneide). Tre anni su Dante. Neanche un minuto solo sul Vangelo.

Non dite che il Vangelo tocca ai preti. Anche levando il problema religioso restava il libro da studiare in ogni scuola e in ogni classe.

A letteratura il capitolo più lungo toccava al libro che più ha lasciato il segno, quello che ha varcato le frontiere.

A geografia il capitolo più particolareggiato doveva essere la Palestina. A storia i fatti che hanno preceduto accompagnato e seguito la vita del Signore.

In più occorreva una materia apposta: scorsa sull'Antico Testamento, lettura del Vangelo su una sinossi, critica del testo, questioni linguistiche e archeologiche.*

Come mai non ci avete pensato? Forse chi v'ha costruito la scuola Gesù l'aveva un po' in sospetto: troppo amico dei poveri e troppo poco amico della roba.

religione

Quando avrete dato al Vangelo il posto che gli spetta la lezione di religione diventerà una cosa seria.

* *sinossi* = libro in cui i quattro Vangeli sono stampati uno accanto all'altro invece che uno dopo l'altro.
critica del testo = studio delle differenze che si trovano negli antichi manoscritti del Vangelo.
archeologia = studio di oggetti antichi trovati sottoterra.

Si tratterà solo di guidare i ragazzi nell'interpretazione del testo. Lo potrebbe fare il prete e magari in discussione con un professore non credente, ma serio. Cioè che conoscesse il Vangelo quanto lui.

Nella ricerca di questi professori verranno a galla i limiti della vostra cultura. A Firenze ci sono decine di preti capaci d'una lezione biblica d'alto livello. Gente che legge correntemente il testo greco e all'occorrenza sa metter gli occhi sull'ebraico.*

Mi sapreste fare il nome d'un laicista seriamente preparato a tenergli testa? Ma uscito dalle vostre scuole non di seminario.

Ho sentito una conferenza d'un giovane intellettuale di quelli che hanno letto tutti i libri che c'è nel mondo (fuorché uno): «Se il grano di frumento non cade in terra e non muore non porta frutto come dice Gide».**

Io questo Gide non so chi sia. Ma il Vangelo lo studio da anni e lo studierò tutta la vita.

il conte

Da gente che dimentica il Vangelo c'è da aspettarsi qualunque cosa. Vien fatto di dubitare di tutto quello che insegnate. Vien voglia di sapere chi ha fatto le scelte decisive.

Il fatto è che la vostra scuola è nata male.

È nata nel 1859. Un re voleva allargare i possessi della sua famiglia. Cominciò i preparativi della guerra. Per prima cosa mise al governo un generale. Poi mandò in vacanza i deputati. Poi chiamò

* La parte più antica della Bibbia è scritta in ebraico. Quella più recente (p. es. il Vangelo) è scritta in greco.

** *Gide* = Abbiamo visto sul dizionario che è uno scrittore francese. Probabilmente avrà messo quella frase del Vangelo in un suo libro e il professore ha creduto che fosse sua.

un conte e gli fece scrivere la legge sulla pubblica istruzione.*

Quella legge imposta con le armi in tutta Italia è ancora l'ossatura della vostra scuola.**

storia

La storia è la materia che più ne ha risentito.

Ci sarà qualche libro un po' diverso. Ma vorrei avere una statistica di quelli più adottati.

In genere non è storia. È un raccontino provinciale e interessato fatto dal vincitore al contadino. L'Italia centro del mondo. I vinti tutti cattivi, i vincitori tutti buoni. Si parla solo di re, di generali, di stupide guerre tra nazioni. Le sofferenze e le lotte dei lavoratori o ignorate o messe in un cantuccio.

Guai a chi non piace ai generali o ai fabbricanti d'armi. Nel libro che è considerato più moderno Gandhi è sbrigato in 9 righe. Senza un accenno al suo pensiero e tanto meno ai metodi.

educazione civica

Un'altra materia che non fate e che io saprei è educazione civica.

Qualche professore si difende dicendo che la insegna sottintesa dentro le altre materie. Se fos-

* *un re* = Vittorio Emanuele II.
un generale = Alfonso La Marmora.
in vacanza = in occasione della guerra Vittorio Emanuele sciolse il parlamento e prese i pieni poteri.
un conte = Gabrio Casati. La legge Casati è del 13 nov. 1859. Non fu votata né dal parlamento piemontese né successivamente da quello italiano.

** «... nonostante la riforma del 1923 e quella del 1930-40 e, nonostante la diversa sistemazione costituzionale della scuola dopo l'avvento della Repubblica, la legge Casati resta ancora la grande trama su cui è intessuta la nostra scuola di ogni ordine e grado» Luigi Volpicelli.

se vero sarebbe troppo bello. Allora se sa questo sistema, che è quello giusto, perché non fa tutte le materie così, in un edificio ben connesso dove tutto si fonde e si ritrova?

Dite piuttosto che è una materia che non conoscete. Lei il sindacato non sa bene cos'è. In casa di un operaio non ha mai cenato. Della vertenza dei trasporti pubblici non sa i termini. Sa solo che l'ingorgo del traffico ha disturbato la sua vita privata.

Non ha mai studiato queste cose perché le fanno paura. Come le fa paura andare al fondo della geografia. Nel nostro libro c'era tutto fuorché la fame, i monopoli, i sistemi politici, il razzismo.

i giudizi

C'è una materia che non avete nemmeno nel programma: arte dello scrivere.

Basta vedere i giudizi che scrivete sui temi. Ne ho qui una piccola raccolta. Sono constatazioni, non strumenti di lavoro.

«Infantile. Puerile. Dimostra immaturità. Insufficiente. Banale». Che gli serve al ragazzo di saperlo? Manderà a scuola il nonno, è più maturo.

Oppure: «Contenuto scarso. Concetto modesto. Idee scialbe. Manca la reale partecipazione a ciò che scrivi». Allora era sbagliato il tema. Non dovevate neanche chiedergli di scrivere.

Oppure: «Cerca di migliorare la forma. Forma scorretta. Stentato. Non chiaro. Non costruito bene. Varie improprietà. Cerca d'essere più semplice. Il periodare è contorto. L'espressione non è sempre felice. Devi controllare di più il tuo modo di esprimere le idee». Non glie l'avete mai insegnato, non credete nemmeno che si possa insegnare, non accettate regole oggettive dell'arte, siete fissati nell'individualismo ottocentesco.

Finché si arriva alla creatura toccata dagli dei:

«Spontaneo. Le idee non ti mancano. Lavoro con idee proprie che denotano una certa personalità.» Ormai che ci siete metteteci anche «Beata la mamma che t'ha partorito».

il genio

Consegnandomi un tema con un quattro lei mi disse: «Scrittori si nasce, non si diventa». Ma intanto prende lo stipendio come *insegnante d'italiano*.

La teoria del genio è un'invenzione borghese. Nasce da razzismo e pigrizia mescolati insieme.

Anche in politica piuttosto che arrabattarsi nel pensiero complesso dei partiti è più facile prendere un De Gaulle, dire che è un genio, che la Francia è lui.

Così fa lei con l'italiano. Pierino ha il dono. Io no. Riposiamoci tutti:

Pierino non importa che ripensi a quel che scrive. Scriverà libri come quelli che c'è in giro. Cinquecento pagine che si potrebbero ridurre a 50 senza perdere un concetto solo.

Io posso rassegnarmi e andare al bosco.

Lei può seguitare a oziare in cattedra a far segnini sul registro.

scuola d'arte

L'arte dello scrivere si insegna come ogni altr'arte.

Ma a questo punto abbiamo leticato tra di noi. Una parte voleva raccontare come facciamo a scrivere. Un'altra parte diceva: «L'arte è una cosa seria, ma fatta d'una tecnica piccina. Rideranno di noi».

I poveri non rideranno. I ricchi ridano pure e noi ridiamo di loro che non sanno scrivere né un libro né un giornale al livello dei poveri.

In conclusione s'è deciso di raccontare tutto a uso di quei lettori che ci vorranno bene.

una tecnica umile

Noi dunque si fa così:

Per prima cosa ognuno tiene in tasca un notes.

Ogni volta che gli viene un'idea ne prende appunto. Ogni idea su un foglietto separato e scritto da una parte sola.

Un giorno si mettono insieme tutti i foglietti su un grande tavolo. Si passano a uno a uno per scartare i doppioni. Poi si riuniscono i foglietti imparentati in grandi monti e son capitoli. Ogni capitolo si divide in monticini e son paragrafi.

Ora si prova a dare un nome a ogni paragrafo. Se non si riesce vuol dire che non contiene nulla o che contiene troppe cose. Qualche paragrafo sparisce. Qualcuno diventa due.

Coi nomi dei paragrafi si discute l'ordine logico finché nasce uno schema. Con lo schema si riordinano i monticini.

Si prende il primo monticino, si stendono sul tavolo i suoi foglietti e se ne trova l'ordine. Ora si butta giù il testo come viene viene.

Si ciclostila per averlo davanti tutti eguale. Poi forbici, colla e matite colorate. Si butta tutto all'aria. Si aggiungono foglietti nuovi. Si ciclostila un'altra volta.

Comincia la gara a chi scopre parole da levare, aggettivi di troppo, ripetizioni, bugie, parole difficili, frasi troppo lunghe, due concetti in una frase sola.

Si chiama un estraneo dopo l'altro. Si bada che non siano stati troppo a scuola. Gli si fa leggere a alta voce. Si guarda se hanno inteso quello che volevamo dire.

Si accettano i loro consigli purché siano per la chiarezza. Si rifiutano i consigli di prudenza.

Dopo che s'è fatta tutta questa fatica, seguendo regole che valgono per tutti, si trova sempre l'intellettuale cretino che sentenzia: «Questa lettera ha uno stile personalissimo».

pigrizia Dite piuttosto che non sapete che cosa è l'arte. L'arte è il contrario di pigrizia.

Anche lei, non dica che le mancano le ore. Basta uno scritto solo in tutto l'anno, ma fatto tutti insieme.

A proposito di pigri. Le propongo un esercizio divertente per i suoi ragazzi. Passate un anno a tradurre il Saitta in italiano.*

PROCESSO PENALE

Attualmente lavorate 210 giorni di cui 30 sciupati negli esami e un'altra trentina nei compiti in classe. Restano 150 giorni di scuola. Metà dell'ora la sciupate a interrogare e fa 75 giorni di scuola contro 135 di processo.

Anche senza toccare il vostro contratto di lavoro potreste moltiplicare per tre le ore di scuola.

compito in classe

Durante i compiti in classe lei passava tra i banchi mi vedeva in difficoltà o sbagliare e non diceva nulla.

Io in quelle condizioni sono anche a casa. Nessuno cui rivolgermi per chilometri intorno. Non un libro di più. Non il telefono.

Ora invece siamo a «scuola». Sono venuto apposta, di lontano. Non c'è la mamma, che ha promesso che starà zitta e poi mi interrompe cento volte. Non c'è il bambino della mia sorella che ha bisogno d'aiuto per i compiti. C'è silenzio, una bella luce, un banco tutto per me.

E lì, ritta a due passi da me, c'è lei. Sa le cose. È pagata per aiutarmi.

E invece perde il tempo a sorvegliarmi come un ladro.

* *Saitta* = libro di storia.

ozio e terrore

Che le interrogazioni non son scuola me l'ha dichiarato lei stessa: «Quando ci sono io nella prima ora prendi pure l'altro treno, tanto nella prima mezz'ora interrogo».

Durante l'interrogazione la classe è immersa nell'ozio o nel terrore. Perde tempo perfino il ragazzo interrogato. Tenta di non scoprirsi. Sfugge le cose che ha capito meno, insiste su quelle che sa bene.

Per contentare lei basta sapere vendere la merce. Non star mai zitti. Riempire i vuoti di parole vuote. Ripetere i giudizi del Sapegno con la faccia d'uno che i testi se li è letti sull'originale.*

opinioni personali

O meglio ancora buttar giù «opinioni personali». Lei le opinioni personali le tiene in gran considerazione: «Secondo me il Petrarca...».** Forse il ragazzo avrà letto due poesie, forse nessuna.

M'han detto che in certe scuole americane a ogni parola del maestro metà della classe alza la mano e dice: «Io sono d'accordo». L'altra metà dice: «Io non sono d'accordo». La volta dopo si scambiano le parti seguitando a masticare gomme con impegno.

Un ragazzo che ha un'opinione personale su cose più grandi di lui è un imbecille. Non deve aver soddisfazione. A scuola si va per ascoltare cosa dice il maestro.

Solo rare volte capita qualcosa di nostro di cui la classe e il maestro hanno bisogno. Ma non opi-

* *Sapegno* = libro di storia della letteratura. Il suo autore ha letto molti libri. Li confronta tra loro e li giudica. I professori si contentano che si ripeta quello che dice lui.

** *Petrarca* = poeta italiano del 1300.

nioni e non cose lette. Notizie precise su cose viste coi nostri occhi nelle case, nelle strade, nei boschi.

una domanda intelligente

Lei a me non le ha mai chieste. Io da me non le dicevo. I suoi signorini invece domandavano a lei con faccia angelica le cose che sapevano di già. E lei li incoraggiava: «È una domanda intelligente!».

Una commedia inutile per tutti. Dannosa per l'anima di quei lecchini. Crudele per me che non sapevo stare al gioco.

la seconda lingua morta

«Ma ove dorme il furor d'inclite geste
e sien ministri al vivere civile
l'opulenza e il tremore, inutil pompa
e inaugurate immagini dell'Orco
sorgon cippi e marmorei monumenti.»*

«Volgi in prosa». Il mio sguardo vagava su quelle parole strane senza sapere dove posarsi. Lei mi sorrideva: «Su via, son cose facili, le ho spiegate ieri. Non hai studiato».

inaugurare

Era vero. Non lo avevo studiato. Io non dirò mai ai miei scolari che inaugurare vuol dire augurare male. C'è scritto nella nota. Ma è una bugia. L'ha inventata il Foscolo perché non voleva bene ai poveri. Non ha voluto far fatica per noi.

Lei mi faceva tenere un quaderno sulle note per costringermi a imparare a mente quella lingua. E io dovevo imparare un'altra lingua per parlare a chi?

Per stendere una mano a Dick, di là dal fosso

* È un pezzo dei «Sepolcri» del Foscolo.
Ugo Foscolo = poeta italiano del principio del 1800. Forse quella poesia dice cose importanti. Se la professoressa non vuol farcele perdere tocca a lei facilitarcene la lettura (traduzione a fronte, permesso di usare le note).

delle lingue, avevo fatto acrobazie. Quando nelle ore di lavoro mi vedeva seduto, lui si sforzava a pronunciare: «Doulce vita». Io gli rispondevo una porcheria nel più orribile cockney. Mi sforzavo a pronunciare male come lui. Il cockney che non serve negli uffici. Quello con cui si resta poveri.

ricatto Intanto passavano i minuti e la mia bocca non s'apriva. Ero immerso nella rabbia e nella disperazione.

Quei poveri ragazzi non mi potevano capire. Li avete abituati fin da piccini alla lingua del Monti. Sono rassegnati a annoiarsi. Dalla scuola non s'aspettano altro.

Facevano il tifo per me con simpatia pietosa. Come giovani della S. Vincenzo che non s'accorgono dell'odio.

Nessuno mi voleva male. Nemmeno lei. «Non ti mangio mica». Aveva un tono incoraggiante. Voleva fare tutto il suo dovere verso di me.

E intanto distruggeva ogni mio ideale, col ricatto d'un diploma che è nelle sue mani.

l'arte Avessi avuto, in quegli interminabili minuti dell'interrogazione, il tempo di calmarmi. Il tempo che ho qui coi miei compagni per dire tutte queste cose. L'avrei convinta. Sono sicuro. Non è una bestia nemmen lei.

Ma allora mi venivano alla bocca solo parole sporche e ingiurie. Quelle parole che qui per scritto riusciamo a contenere un po' a fatica e trasformare in argomenti.

Così abbiamo capito cos'è l'arte. È voler male a qualcuno o a qualche cosa. Ripensarci sopra a lungo. Farsi aiutare dagli amici in un paziente lavoro di squadra.

Pian piano viene fuori quello che di vero c'è sotto l'odio. Nasce l'opera d'arte: una mano tesa al nemico perché cambi.

L'INFEZIONE

Dopo un mese della vostra scuola, l'infezione aveva preso anche me.

A scuola durante le interrogazioni sentivo il cuore fermarsi. Auguravo agli altri quello che per me non volevo.

Durante la lezione non ascoltavo più. Pensavo già all'interrogazione dell'ora seguente.

Le materie più belle e diverse tutte finalizzate lì. Come se non appartenessero a un mondo più vasto che non quel metro quadro tra la lavagna e la cattedra.

un verme

A casa non m'accorgevo se la mamma stava male. Non domandavo notizie dei vicini. Non leggevo il giornale. La notte non dormivo.

La mamma piangeva. Il babbo brontolava tra i denti: «Buschi di più se vieni al bosco».

Mi trovai a studiare come un verme.

Fino allora d'ogni cosa vedevo solo come l'avrei insegnata ai miei ragazzi. Se mi pareva importante, lasciavo lì il manuale e cercavo di approfondirla su altri libri.

Dopo la vostra cura, mi parve troppo anche il manuale. Mi ritrovai a sottolineare le cose più urgenti. Più tardi i miei compagni mi consigliarono dei libruccini più miseri ancora del manuale. Studiati apposta per contentare le vostre testoline.

il dubbio

Arrivai persino a pensare che aveste ragione voi. Che la cultura vera fosse la vostra. Che noi lassù nella nostra solitudine ci si fosse montata la testa, con un semplicismo che voi avete superato ormai da secoli.

Che il nostro sogno d'una lingua che possa essere letta da tutti, fatta di parole d'ogni giorno, non fosse che un operaismo fuori tempo.

Ci mancò un pelo che non diventassi dei vostri. Come i figli dei poveri che vanno all'università e cambian razza.

tagliato fuori

Ma non feci a tempo a corrompermi quanto occorreva per piacere a lei. A giugno lei mi dette cinque in italiano e quattro in latino.

Ripresi la strada del bosco e tornai a Barbiana. Giorno per giorno, dall'alba a buio, come da piccino.

Ma non ripresi tutto il ritmo della scuola. Per l'urgenza di quei due esami il Priore mi dispensò dalla lettura del giornale e dal far scuola ai piccoli. Studiavo in una stanza da solo per avere il silenzio e tutti i libri che non ho in casa.

Tornavo tra i vivi solo per la lettura della posta.

LA POSTA

l'elemosina

Francuccio dall'Algeria: «... in alcuni punti la terra è completamente rossa e non c'è nemmeno un filo d'erba. Improvvisamente il treno rallenta. Mi affaccio al finestrino per vedere cosa c'è. Eccoti spuntare tre bambine con una sottana variopinta che arriva fino ai piedi. Si mettono a camminare alla pari del treno e non chiedono però la gente gli butta qualcosa. Loro raccattano alla svelta e se lo mettono in seno. Quando l'hanno avuta anche dall'ultimo vagone il macchinista riprende la corsa a 30 l'ora. Mi hanno detto che Ben Bella voleva stroncate l'usanza dell'elemosina e che Boumedien invece lascia fare. Non riesco a capire chi ha ragione. Te, priore, che ne dici?».

la lingua dei poveri

Un'altra di Francuccio: «... trovai per strada un cerchio di legno e senza rifletterci lo buttavo per l'aria e lo chiappavo. Mi si fanno incontro una ventina di bambini che cominciano a ridere e parano le mani perché glielo buttassi. Glielo butto e continuiamo per 5 minuti senza dirci nulla. Tutt'a un tratto il più grande fa cenno di smetterla. Aveva scoperto che avevo il giornale arabo. Allora mi domanda in arabo cosa facevo qua e da dove venivo. Ci siamo messi a parlare sugli scalini d'una piccola moschea.* Si è avvicinato il muezzin e mi parlava di filato. Siccome non capivo le sue domande gli ho dovuto confessare che non ero arabo, però gli ho detto che sapevo leggere l'arabo. Allora mi ha portato dentro la moschea a leggere il Corano. Era entusiasta».

la religione

Sandro dalla Francia: «... ferma la macchina in una stradina secondaria e vuole che gli *paghi l'autostop*. Io gli dico – Machin, je suis catholique –** allora ha smesso, ma m'ha piantato lì e m'è toccato fare 4 chilometri a piedi per ritrovare la strada nazionale».

girasoli lessi

Franco dal Galles:*** «... il prete ha un libriccino apposta per confessare gli stranieri. Gli si dice: – Ne

* *moschea* = chiesa maomettana.
muezzin = custode della moschea addetto a iniziare le preghiere.
Corano = il libro sacro dei maomettani.
** Amico, sono cattolico (si pronuncia Mascén ge suí catolíc).
*** *Galles* = regione della Gran Bretagna.

ho fatte due del venticinque e ne ho mandate tre del dodici. – Mi ha fatto una predica sul venticinque!

Faccio l'orto a una vecchina. Oggi mi ha fatto sbarbare girasoli tutto il giorno. È vegetariana, ma voleva comprare la carne solo per me. Le ho detto di no, è un'esperienza anche questa. Allora ha raccattato due gambi di girasole e me li ha cotti lessi».

apolitica

Carlo da Marsiglia:* «... c'è un gruppo di studenti italiani con un prete. Costruiscono baracche per gli algerini e non si fanno pagare. Di imparare il francese non glie ne importa nulla. Di politica non ne vogliono sapere. Fanno molti discorsi sul Concilio e pochi colpi di piccone. Una di loro è un po' cretina. Stasera quando son venuto in camera per scrivervi è arrivata anche lei e s'è buttata sul letto dicendo che le piaceva i fiorentini».

elogio della bugia

Edoardo da Londra: «... la colpa è dei genitori che gli danno troppi vizi. Non gli insegnano come spendere i soldi, si fanno comandare, li credono troppo uomini. I genitori guadagnano la sincerità, ma cos'è una bugia se è capace di tenere lontano un ragazzo da tanti peccati? Non so se mi sono spiegato bene. Certo i ragazzi inglesi sono sincerissimi. Ma cosa gli costa se tanto la mamma non li rimprovera? E i genitori che guadagno fanno? Io se dico una bugia è segno che so cos'è male e prima di ricombinarne un'altra ci ripenso».

un credito

Un vecchio sindacalista inglese scrive per parlarci di Paolo: «... è una benedizione di Dio sulla nostra officina e un grande credito per la vostra

* *Marsiglia* = città della Francia.

scuola. Così intenso e felice con la vita. Sento che Dio ha arrangiato questa cosa che io e voi così lontani pensiamo simile e parliamo simile. Qui molti lavoratori votano conservatore e leggono il giornale del padrone e io dico: Dall'Italia doveva venire uno che la pensa come me. Vi fate insegnare da un ragazzo e romanocattolico».*

Annibal Caro

Finita la lettura della posta mi chiudo di nuovo sull'Eneide.

Leggo un episodio che piace a lei.

Due farabutti sbudellano la gente tra il sonno. Elenco degli sbudellati e della roba rubata e di chi gli aveva regalato una cintura e il peso della cintura. Il tutto in una lingua nata morta.**

Non era necessario mettere l'Eneide in programma. L'ha voluta sceglier lei. Non glie lo posso perdonare.

I miei compagni invece mi perdonano. Sanno che lo scopo è di fare il maestro. Ma son tagliato fuori quasi come lei.

DISINFEZIONE

superficiali

A settembre lei mi dette quattro e quattro. Non sa fare nemmeno il suo mestiere di farmacista. Il

* Un accordo internazionale proibisce il lavoro dei ragazzi all'estero prima dei 18 anni. Ma le leggi sul lavoro non sono violate solo in Italia. Ragazzi di Barbiana dai 14 ai 16 anni hanno lavorato nei seguenti paesi: Inghilterra, Germania, Francia, Austria, Algeria, Libia. Per esempio gli autori di queste lettere avevano le seguenti età: Francuccio 16, Sandro 15, Franco 14, Carlo 16, Edoardo 16, Paolo 16.

** *nata morta* = nelle scuole si usa leggere la traduzione dell'Eneide fatta da Annibal Caro nel 1500.

bilancino non le funziona. Non potevo saperne meno che a giugno.

Lei ha girato l'interruttore. Spento un ragazzo. E invece senza volerlo mi ha riacceso la luce. Ho riaperto gli occhi su di voi e sulla vostra cultura.

Per prima cosa ho scoperto l'ingiuria giusta per definirvi: siete soltanto dei superficiali. Siete una società di mutuo incensamento che si regge perché siete pochi.

vendetta

Il mio babbo e il mio fratello vanno al bosco per me. Non posso ripeter gli anni e non intendo portar legna addosso, lasciando il mondo così com'è. Avreste avuto troppa soddisfazione.

Così sono tornato a Barbiana e a giugno mi sono presentato privatista.

Mi avete fregato di nuovo come sputare in terra. Ma non cedo. Sarò maestro e farò scuola meglio di voi.

seconda vendetta

La seconda vendetta è questa lettera. Ci abbiamo lavorato tutti insieme.

Ci ha lavorato perfino Gianni. Ha il babbo all'ospedale. Avesse avuto l'anno scorso lo sguardo a uomo che ha ora. Ormai per la scuola è troppo tardi, in casa hanno bisogno della sua busta d'apprendista. Ma quando ha saputo della lettera ha promesso di venire qualche domenica a aiutarci.

Finalmente c'è venuto. L'ha letta. Ci ha indicato parole e frasi troppo difficili. Ci ha ricordato qualche cattiveria saporita. Ci ha autorizzati a metterlo in berlina. È quasi l'autore principale.

Ma non vi consolate per così poco. All'anima ce l'avete voi. Non si sa ancora esprimere.

Ora siamo qui a aspettare una risposta. Ci sarà bene in qualche istituto magistrale qualcuno che ci scriverà:

aspettiamo una lettera

«Cari ragazzi,

non tutti i professori sono come quella signora. Non siate razzisti anche voi.

Anche se non sono d'accordo su tutto quello che dite, so che la nostra scuola non va. Solo una scuola perfetta può permettersi di rifiutare la gente nuova e le culture diverse. E la scuola perfetta non esiste. Non lo è né la nostra né la vostra.

Comunque quelli di voi che vogliono essere maestri venite a dar gli esami quaggiù. Ho un gruppo di colleghi pronti a chiudere due occhi per voi.

A pedagogia vi chiederemo solo di Gianni. A italiano di raccontarci come avete fatto a scrivere questa bella lettera. A latino qualche parola antica che dice il vostro nonno. A geografia la vita dei contadini inglesi. A storia i motivi per cui i montanari scendono al piano. A scienze ci parlerete dei sormenti e ci direte il nome dell'albero che fa le ciliege».

Aspettiamo questa lettera. Abbiamo fiducia che arriverà.

Il nostro indirizzo è: Scuola di Barbiana *Vicchio Mugello* (Firenze).

Parte terza

DOCUMENTAZIONE

Raccogliamo qui le tavole statistiche che non sono strettamente necessarie per la comprensione del testo.

Servono agli amici che vogliono approfondire e ai meno amici che non si fidano.

nati nel 1948	1.000.000
morti	80.000
sopravviventi	920.000

I e 54-5	1.180.000	258.000 R	
857.000 p	225.000 b	98.000 r	
II e 55-6	1.053.000	161.000 R	
851.000 p	155.000 b	47.000 r	
III e 56-7	1.021.000	143.000 R	
817.000 p	109.000 b	95.000 r	
IV e 57-8	928.000	73.000 R	
846.000 p	40.000 b	42.000 r	
V e 58-9	870.000	34.000 R	
790.000 p	50.000 b	30.000 r	
I m 59-60	577.000 82.000 R		
398.000 p	156.000 b	23.000 r	
II m 60-1	463.000 65.000 R		
394.000 p			
III m 61-2	408.000 33.000 R		
359.000 p			

nati nel 1949	940.000
morti	68.000
sopravviventi	872.000

I e 55-6	1.128.000	256.000 R
874.000 p	166.000 b	88.000 r
II e 56-7	1.056.000	151.000 R
835.000 p	135.000 b	86.000 r
III e 57-8	1.003.000	118.000 R
835.000 p	104.000 b	64.000 r
IV e 58-9	888.000	42.000 R
816.000 p	39.000 b	33.000 r
V e 59-60	857.000	45.000 R
768.000 p	56.000 b	30.000 r
I m 60-1	598.000	89.000 R
408.000 p	159.000 b	31.000 r
II m 61-2	488.000 67.000 R	
365.000 p	109.000 b	14.000 r
III m 62-3	410.000 38.000 R	
389.000 p	56.000 b	

TAV. A

nati nel 1950	908.000
morti	59.000
sopravviventi	849.000

I e 56-7	1.050.000	201.000 R
809.000 p	128.000 b	113.000 r
II e 57-8	1.006.000	141.000 R
840.000 p	102.000 b	64.000 r
III e 58-9	984.000	113.000 R
886.000 p	48.000 b	50.000 r
IV e 59-60	923.000	40.000 R
814.000 p	69.000 b	40.000 r
V e 60-1	861.000	53.000 R
726.000 p	98.000 b	37.000 r
I m 61-2	664.000	89.000 R
433.000 p	183.000 b	48.000 r
II m 62-3	516.000 72.000 R	
396.000 p	106.000 b	14.000 r
III m 63-4	438.000 35.000 R	
415.000 p	59.000 b	

nati nel 1951	861.000
morti	57.000
sopravviventi	804.000

I e 57-8	958.000	168.000 R
810.000 p	76.000 b	72.000 r
II e 58-9	968.000	122.000 R
793.000 p	107.000 b	68.000 r
III e 59-60	875.000	52.000 R
762.000 p	67.000 b	46.000 r
IV e 60-1	852.000	52.000 R
725.000 p	82.000 b	45.000 r
V e 61-2	847.000	93.000 R
695.000 p	89.000 b	63.000 r
I m 62-3	688.000	111.000 R
452.000 p	178.000 b	58.000 r
II m 63-4	531.000 72.000 R	
408.000 p	101.000 b	22.000 r
III m 64-5	459.000 36.000 R	

nati nel 1952	860.000
morti	56.000
sopravviventi	804.000

I e 58-9	897.000	113.000 R
762.000 p	75.000 b	60.000 r
II e 59-60	895.000	124.000 R
755.000 p	104.000 b	36.000 r
III e 60-1	841.000	67.000 R
722.000 p	81.000 b	38.000 r
IV e 61-2	839.000	83.000 R
703.000 p	87.000 b	49.000 r
V e 62-3	800.000	87.000 R
680.000 p	90.000 b	30.000 r
I m 63-4	716.000	112.000 R
514.000 p	115.000 b	47.000 r
II m 64-5	590.000 65.000 R	
III m 65-6	472.000 28.000 R	

nati nel 1953	864.000
morti	49.000
sopravviventi	815.000

I e 59-60	874.000	90.000 R
746.000 p	79.000 b	49.000 r
II e 60-1	895.000	118.000 R
740.000 p	101.000 b	54.000 r
III e 61-2	847.000	84.000 R
722.000 p	85.000 b	40.000 r
IV e 62-3	826.000	85.000 R
705.000 p	91.000 b	30.000 r
V e 63-4	793.000	83.000 R
685.000 p	88.000 b	20.000 r
I m 64-5	683.000	98.000 R

TAV. A

nati nel 1954	860.000
morti	46.000
sopravviventi	814.000

I e 60-1	890.000	99.000 R
758.000 p	91.000 b	41.000 r
II e 61-2	915.000	121.000 R
756.000 p	110.000 b	49.000 r
III e 62-3	862.000	90.000 R
743.000 p	89.000 b	30.000 r
IV e 63-4	844.000	860.000 R
722.000 p	96.000 b	36.000 r
V e 64-5	809.000	81.000 R

nati nel 1955	869.000
morti	43.000
sopravviventi	826.000

I e 61-2	906.000	115.000 R
762.000 p	101.000 b	43.000 r
II e 62-3	917.000	123.000 R
770.000 p	102.000 b	45.000 r
III e 63-4	879.000	92.000 R
756.000 p	95.000 b	28.000 r
IV e 64-5	859.000	89.000 R

NOTE ALLA TAVOLA A

Nei rettangoli la cifra nera rappresenta gli iscritti. La cifra rossa [qui grigia] con «R» i ripetenti.

Sotto i rettangoli la cifra nera con «p» rappresenta i promossi. La cifra rossa [qui grigia] con «b» i bocciati e quella con «r» i ritirati.

In questa tavola (a differenza della tavola C) la cifra dei ripetenti è quella ufficiale.

I nati e i morti sono tratti dagli Annuari Statistici Italiani 1949-57. I dati scolastici fino al 1963-64 sono quelli degli Annuari Statistici dell'Istruzione 1956-65.

Qualche dato del '64-65 appartiene al Compendio Statistico Italiano 1966.

Al momento in cui consegnamo il manoscritto in tipografia (marzo '67) non è ancora uscito l'Annuario dell'Istruzione Italiana 1966. Abbiamo però potuto prendere visione dei suoi dati in anteprima per cortesia d'amici.

Gli Annuari Statistici dell'Istruzione escono ogni anno. Non fu però pubblicato il volume del 1963. L'anno dopo uscì in volume unico il '63-64. Questo volume manca di alcuni importanti dati (I e II media 1960-61, 1961-62).

Per la cortesia del Direttore Generale dell'ISTAT abbiamo però l'onore di pubblicare anche questi dati che erano finora inediti.

I dati ufficiali sulla scuola vengono pubblicati con grande ritardo. Per esempio l'Annuario 1965 che è uscito nel marzo '66 porta solo i dati '63-64 per gli iscritti e i ripetenti e quelli del '62-63 per gli scrutinati e gli esaminati. La regola vale anche per gli anni precedenti.

Meraviglia l'alto numero di ragazzi che si ritirano durante l'anno (cioè la differenza tra il numero degli iscritti e quello degli scrutinati o esaminati).

Ci è stata suggerita questa spiegazione del fenomeno: alcuni direttori e presidi gonfiano artificialmente le iscrizioni (per evitare soppressioni di sezioni o per ottenere un maggior numero di insegnanti).

L'intenzione di questi funzionari sarà anche buona, ma per colpa loro la cifra ufficiale degli iscritti diventa poco attendibile.

Per il nostro calcolo dei persi il danno è relativo. La cifra dei persi resta quella da noi denunciata. Piuttosto va anticipata la data della perdita.

Il Ministro dell'Istruzione è quello che presenta in parlamento la più grossa voce di spesa: 1773 miliardi nel 1965 (più del 20% della spesa dello Stato). Abbiamo visto in queste note come egli sia informato sulla situazione scolastica. Se un deputato glielo chiedesse, non sarebbe in grado di dire quanti ragazzi ci sono nelle sue scuole.

I giornali usano pubblicare a ottobre le cifre degli iscritti e a luglio quelle dei promossi e bocciati dell'anno stesso! Poi ci ricamano sopra lunghi articoli.

Sarebbe divertente sapere se inventano le cifre di sana pianta o se gliele inventa qualche impiegato del ministero.

TAV B

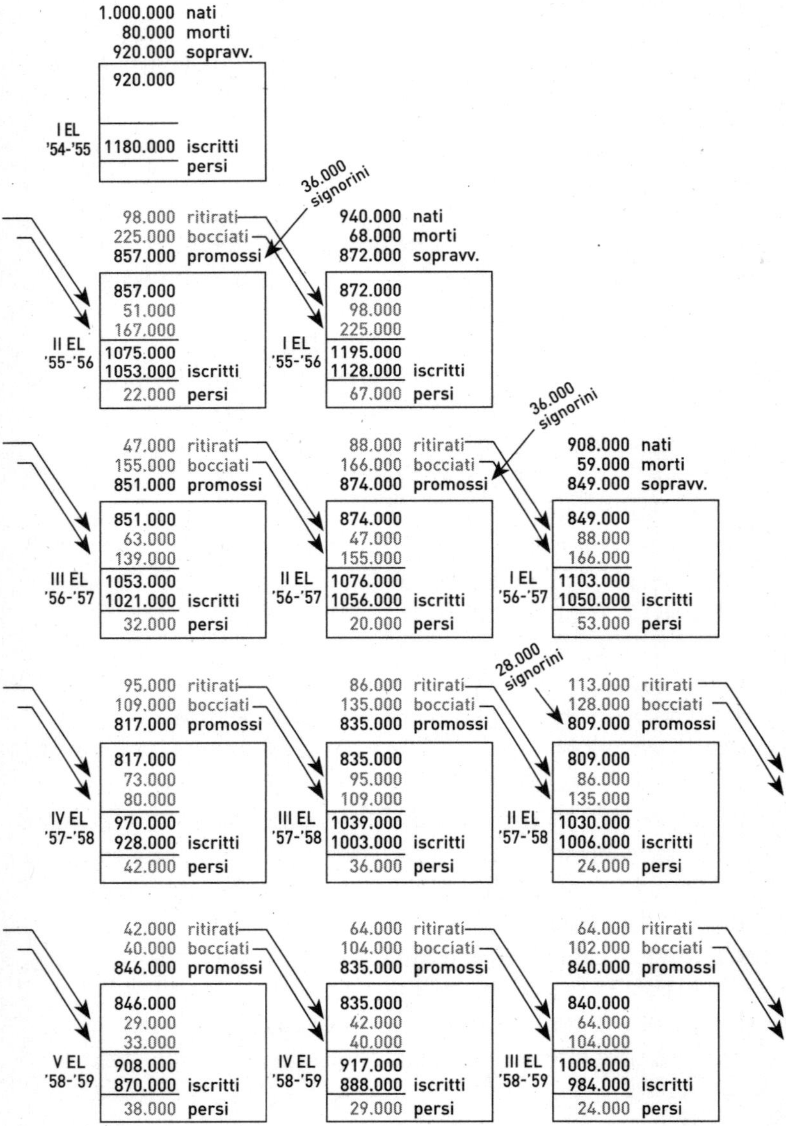
1.000.000 nati
80.000 morti
920.000 sopravv.
920.000
I EL '54-'55
1180.000 iscritti
persi
36.000 signorini
98.000 ritirati
225.000 bocciati
857.000 promossi
857.000
51.000
167.000
II EL '55-'56
1075.000
1053.000 iscritti
22.000 persi
940.000 nati
68.000 morti
872.000 sopravv.
872.000
98.000
225.000
I EL '55-'56
1195.000
1128.000 iscritti
67.000 persi
36.000 signorini
47.000 ritirati
155.000 bocciati
851.000 promossi
851.000
63.000
139.000
III EL '56-'57
1053.000
1021.000 iscritti
32.000 persi
88.000 ritirati
166.000 bocciati
874.000 promossi
874.000
47.000
155.000
II EL '56-'57
1076.000
1056.000 iscritti
20.000 persi
908.000 nati
59.000 morti
849.000 sopravv.
849.000
88.000
166.000
I EL '56-'57
1103.000
1050.000 iscritti
53.000 persi
28.000 signorini
95.000 ritirati
109.000 bocciati
817.000 promossi
817.000
73.000
80.000
IV EL '57-'58
970.000
928.000 iscritti
42.000 persi
86.000 ritirati
135.000 bocciati
835.000 promossi
835.000
95.000
109.000
III EL '57-'58
1039.000
1003.000 iscritti
36.000 persi
113.000 ritirati
128.000 bocciati
809.000 promossi
809.000
86.000
135.000
II EL '57-'58
1030.000
1006.000 iscritti
24.000 persi
42.000 ritirati
40.000 bocciati
846.000 promossi
846.000
29.000
33.000
V EL '58-'59
908.000
870.000 iscritti
38.000 persi
64.000 ritirati
104.000 bocciati
835.000 promossi
835.000
42.000
40.000
IV EL '58-'59
917.000
888.000 iscritti
29.000 persi
64.000 ritirati
102.000 bocciati
840.000 promossi
840.000
64.000
104.000
III EL '58-'59
1008.000
984.000 iscritti
24.000 persi

TAV B

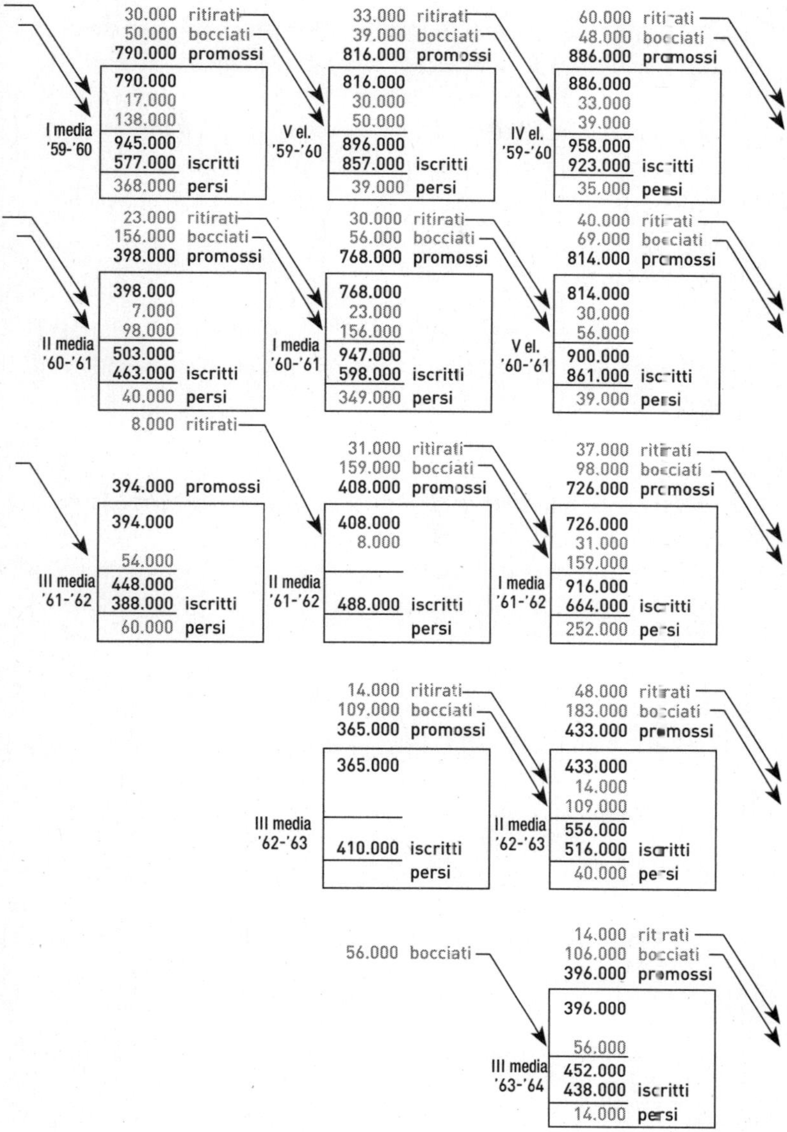
30.000 ritirati
50.000 bocciati
790.000 promossi
790.000
17.000
138.000
I media '59-'60
945.000
577.000 iscritti
368.000 persi
33.000 ritirati
39.000 bocciati
816.000 promossi
816.000
30.000
50.000
V el. '59-'60
896.000
857.000 iscritti
39.000 persi
60.000 ritirati
48.000 bocciati
886.000 promossi
886.000
33.000
39.000
IV el. '59-'60
958.000
923.000 iscritti
35.000 persi
23.000 ritirati
156.000 bocciati
398.000 promossi
398.000
7.000
98.000
II media '60-'61
503.000
463.000 iscritti
40.000 persi
30.000 ritirati
56.000 bocciati
768.000 promossi
768.000
23.000
156.000
I media '60-'61
947.000
598.000 iscritti
349.000 persi
40.000 ritirati
69.000 bocciati
814.000 promossi
814.000
30.000
56.000
V el. '60-'61
900.000
861.000 iscritti
39.000 persi
8.000 ritirati
394.000 promossi
394.000
54.000
III media '61-'62
448.000
388.000 iscritti
60.000 persi
31.000 ritirati
159.000 bocciati
408.000 promossi
408.000
8.000
II media '61-'62
488.000 iscritti
persi
37.000 ritirati
98.000 bocciati
726.000 promossi
726.000
31.000
159.000
I media '61-'62
916.000
664.000 iscritti
252.000 persi
14.000 ritirati
109.000 bocciati
365.000 promossi
365.000
III media '62-'63
410.000 iscritti
persi
48.000 ritirati
183.000 bocciati
433.000 promossi
433.000
14.000
109.000
II media '62-'63
556.000
516.000 iscritti
40.000 persi
56.000 bocciati
14.000 ritirati
106.000 bocciati
396.000 promossi
396.000
56.000
III media '63-'64
452.000
438.000 iscritti
14.000 persi

NOTE ALLA TAVOLA B

Questa tavola serve per intendere il meccanismo della composizione teorica della classe e del calcolo dei persi. Sarebbe bello poterla estendere almeno fino alla leva 1952 per confrontare la selezione della nuova e della vecchia media. Mancando troppi dati sugli ultimi anni scolastici siamo costretti a pubblicare tre sole colonne (leva '48-'49-'50).

Ogni rettangolo rappresenta una classe. Le frecce indicano la provenienza dei ragazzi. La somma dei ragazzi portati dalle frecce dà la composizione teorica della classe. Togliendo il numero degli iscritti si ottiene quello dei persi alla scuola.

Questi persi corrispondono (rispetto al rettangolo in cui sono scritti) ai ragazzi di cui si parla a pag. 31 nel paragrafo «mancato guadagno». L'insegnante di quella classe non li conosce e non è responsabile della loro perdita. Dal punto di vista della responsabilità i suoi persi sono invece quelli che si leggono nel rettangolo immediatamente a destra della sua classe.

INSEGUIMENTO DELLA LEVA 1950

TAV. C

		COMPOSIZIONE DELLA CLASSE		SCRUTINI O ESAMI			PERSI	
CLASSE	DATA	ISCRITTI	DI CUI RIPET.	RITIRATI	BOCCIATI	PROMOSSI	ALLA CLASSE	ALLA SCUOLA
I elem.	ottobre '56	1.050.000	201.000					
	giugno '57			147.000	128.000	809.000		
II elem.	ottobre '57	1.006.000	197.000				275.000	121.000
	giugno '58			64.000	102.000	840.000		
III elem.	ottobre '58	984.000	144.000				166.000	8.000
	giugno '59			60.000	48.000	886.000		
IV elem.	ottobre '59	923.000	37.000				98.000	16.000
	giugno '60			40.000	69.000	814.000		
V elem.	ottobre '60	861.000	47.000				109.000	19.000
	giugno '61			37.000	98.000	726.000		
I media	ottobre '61	664.000	119.000				316.000	194.000
	giugno '62			48.000	183.000	433.000		
II media	ottobre '62	516.000	63.000				231.000	132.000
	giugno '63			14.000	106.000	396.000		
III media	ottobre '63	438.000	42.000				120.000	41.000
	giugno '64			—	59.000	415.000		
TOTALE	ottobre '56 giugno '64						1.315.000	531.000

INSEGUIMENTO DELLA LEVA 1951 TAV. C

		COMPOSIZIONE DELLA CLASSE		SCRUTINI O ESAMI			PERSI	
CLASSE	DATA	ISCRITTI	DI CUI RIPET.	RITIRATI	BOCCIATI	PROMOSSI	ALLA CLASSE	ALLA SCUOLA
I elem.	ottobre '57	958.000	154.000					
	giugno '58			105.000	76.000	810.000		
II elem.	ottobre '58	968.000	158.000				181.000	88.000
	giugno '59			68.000	107.000	793.000		
III elem.	ottobre '59	875.000	82.000				175.000	42.000
	giugno '60			46.000	67.000	762.000		
IV elem.	ottobre '60	852.000	90.000				113.000	27.000
	giugno '61			45.000	82.000	725.000		
V elem.	ottobre '61	847.000	122.000				127.000	10.000
	giugno '62			63.000	89.000	695.000		
I media	ottobre '62	668.000	99.000				278.000	181.000
	giugno '63			38.000	178.000	452.000		
II media	ottobre '63	531.000	79.000				216.000	70.000
	giugno '64			22.000	101.000	408.000		
III media	ottobre '64	459.000	51.000				123.000	47.000
	giugno '65			42.000	436.000	—		
TOTALE	ottobre '57 / giugno '65						1.213.000	465.000

INSEGUIMENTO DELLA LEVA 1952

TAV. C

		COMPOSIZIONE DELLA CLASSE		SCRUTINI O ESAMI			PERSI	
CLASSE	DATA	ISCRITTI	DI CUI RIPET.	RITIRATI	BOCCIATI	PROMOSSI	ALLA CLASSE	ALLA SCUOLA
I elem.	ottobre '58	897.000	93.000					
	giugno '59			91.000	75.000	762.000		
II elem.	ottobre '59	895.000	133.000				166 000	107.000
	giugno '60			36.000	104.000	755.000		
III elem.	ottobre '60	841.000	86.000				140 000	
	giugno '61			38.000	81.000	722.000		
IV elem.	ottobre '61	839.000	117.000				119 000	12.000
	giugno '62			49.000	87.000	703.000		
V elem.	ottobre '62	800.000	97.000				136 000	32.000
	giugno '63			30.000	90.000	680.000		
I media	ottobre '63	716.000	146.000				230 000	142.000
	giugno '64			47.000	155.000	514.000		
II media	ottobre '64	590.000	76.000				202 000	90.000
	giugno '65			13.000	111.000	466.000		
III media	ottobre '65	472.000	18.000				124 000	61.000
	giugno '66				41.000	443.000		
TOTALE	ottobre '58						1.117.000	444.000
	giugno '66							

NOTE ALLA TAVOLA C

Il nostro testo dalla pag. 31 alla pag. 48 è la riduzione in scala 1 : 29.900 della tavola C (leva 1951).

Le cifre scritte in rosso [qui grigio] sono stimate.

Le cifre degli iscritti e dei promossi riproducono i dati dell'ISTAT. Quelle dei ritirati, bocciati e persi alla classe si calcolano facilmente coi dati ISTAT.

Per i ripetenti il dato ISTAT è risultato invece inservibile. Il ministero considera infatti ripetenti anche i ragazzi ritirati dopo il 15 marzo, ma non dice quanti essi siano rispetto al totale. Preferiamo perciò il nostro dato calcolato sull'ipotesi (molto probabile) che tutti i promossi proseguano gli studi. Si ottiene sottraendo i promossi dagli iscritti dell'anno seguente.

Se la nostra ipotesi non fosse del tutto vera, il numero dei ragazzi persi alla scuola sarebbe ancora maggiore di quello da noi denunciato.

Il discorso non vale per la V elementare. In questa classe il numero dei ragazzi persi alla scuola supera quello dei bocciati. Ci sono cioè molti promossi di V che non proseguono.

In questa tavola i persi sono quelli di cui è direttamente responsabile l'insegnante. Un buon insegnante dovrebbe però avere in cuore anche i persi di cui parla la tavola B. Cioè quelli che dovevano venire a ripetere da lui e di cui forse gli ha già parlato il collega che li ha bocciati.

Se dunque avessimo sommato i persi alla tavola B con quelli della C ricordandoli tutti a uno stesso insegnante non avremmo fatto nulla di assurdo. Non si tratta infatti degli stessi ragazzi. Non lo abbiamo fatto solo per conservare il parallelismo tra il testo e le tavole. Nelle tavole statistiche infatti un ragazzo deve essere contato una volta sola anche se è stato perso da due insegnanti.

TAV. D

PRIMA ELEMENTARE
1 2 3 4 5 6 7 8 9 10 11 12 13 14 15 16 17 18 19 20 21 22 23 24 25 26 27 28 29 30 31 32

SECONDA
1 2 3 4 5 1 2 3 4 5 6 7 8 9 10 11 12 13 14 15 16 17 18 19 20 21 22 23 24 25 26 6 — A RIPETERE PRIMA: 27 28 29 30 — A LAVORARE: 31 32

TERZA
2 3 4 5 6 7 8 9 1 2 3 4 5 6 7 8 9 10 11 12 13 14 15 16 17 18 19 20 21 6 — SECONDA: 22 23 24 25 26 27 28 29 30 — 1 31 32

QUARTA
4 5 6 7 8 9 10 11 12 1 2 3 4 5 6 7 8 9 10 11 12 13 14 15 16 17 18 19 6 — TERZA: 2 20 21 22 23 24 25 26 27 28 29 30 — 1 3 31 32

QUINTA
9 10 11 12 13 14 15 16 1 2 3 4 5 6 7 8 9 10 11 12 13 14 15 16 17 18 19 6 — QUARTA: 2 4 5 8 20 21 22 23 24 25 26 27 28 29 30 — 1 3 7 31 32

PRIMA MEDIA
14 15 16 17 18 19 1 2 3 4 5 6 7 8 9 10 11 12 13 14 15 6 — QUINTA: 2 4 5 8 9 18 19 20 21 22 23 24 25 26 27 28 29 30 — 1 3 7 10 11 12 13 16 17 31 32

SECONDA
18 19 20 21 22 1 2 3 4 5 6 7 8 9 10 11 12 6 — PRIMA: 2 4 5 8 9 14 13 14 15 16 17 18 19 20 21 22 23 24 25 26 27 28 29 30 — 1 3 7 10 11 12 13 15 16 17 16 17 31 32

TERZA
21 22 23 24 1 2 3 4 5 6 7 8 9 10 11 6 — SECONDA: 2 4 5 8 9 14 19 12 13 14 15 16 17 18 19 20 21 22 23 24 25 26 27 28 29 30 — 1 3 7 10 11 12 13 15 16 17 18 20 16 17 31 32

NOTE ALLA TAVOLA D

Su questa tavola è costruita la figura della pag. 47. Qui si possono però individuare i singoli ragazzi. Ognuno è infatti contrassegnato da una cifra. Per esempio il numero 6 rosso [qui grigio] rappresenta un ragazzo nelle condizioni di Pierino (vedi pag. 32).

Le cifre nere da 1 a 32 rappresentano i ragazzi che la maestra ha preso in consegna in prima elementare (senza considerare se erano o no ripetenti).

Le cifre in rosso [qui grigio] rappresentano i ragazzi sopraggiunti in seguito (ripetenti e Pierino).

Il numero di ragazzi di ognuna delle tre colonne corrisponde ai dati della tavola C del 1951 in scala 1: 29.900.

TAV. E

ETÀ E ANNO DI CORSO

ETÀ	ELEMENTARI					MEDIE			MEDIE SUPERIORI					TOTALE
	1	2	3	4	5	1	2	3	1	2	3	4	5	
							DATI ASSOLUTI							
5	14191	—	—	—	—	—	—	—	—	—	—	—	—	14191
6	713404	45718	—	—	—	—	—	—	—	—	—	—	—	759122
7	106699	613889	47282	—	—	—	—	—	—	—	—	—	—	767870
8	29909	161345	538985	43209	—	—	—	—	—	—	—	—	—	773448
9	12231	65547	171881	517438	43030	—	—	—	—	—	—	—	—	810127
10	4886	26569	75355	199689	454737	42791	—	—	—	—	—	—	—	804027
11	2532	12833	35528	102577	209748	325123	35850	—	—	—	—	—	—	724191
12	1144	5052	14675	43069	97775	182580	205408	30237	382	—	—	—	—	580322
13	525	1871	5534	15157	40162	82715	130350	153945	23453	382	—	—	—	454094
14	143	397	1039	2432	6497	18083	44784	74265	69923	15499	248	—	—	233310
15	—	—	—	—	—	4932	15266	38476	49398	54307	12918	242	—	175539
16	—	—	—	—	—	1849	4722	15444	29348	43719	44261	13062	162	152567
17	—	—	—	—	—	986	1474	5267	13398	26951	31993	35730	10572	126371
18	—	—	—	—	—	552	562	1747	5602	12978	19802	27124	25666	94033
19	—	—	—	—	—	547	281	841	2779	6500	11305	19376	21556	63188
20	—	—	—	—	—	380	163	578	1157	2511	4974	10237	14137	34137
21 e +	—	—	—	—	—	469	148	476	1560	2490	3987	9262	15337	33729

% ALUNNI DI CIASCUN CORSO														
ETÀ	ELEMENTARI					MEDIE			MEDIE SUPERIORI					TOTALE
	1	2	3	4	5	1	2	3	1	2	3	4	5	
DATI ASSOLUTI														
5	1,7	—	—	—	—	—	—	—	—	—	—	—	—	0,2
6	79,5	5,1	—	—	—	—	—	—	—	—	—	—	—	11,5
7	12,5	63,7	5,3	—	—	—	—	—	—	—	—	—	—	11,6
8	3,6	17,9	60,5	4,7	—	—	—	—	—	—	—	—	—	11,7
9	1,5	7,6	19,3	56,0	5,0	—	—	—	—	—	—	—	—	12,3
10	0,6	3,2	8,5	21,6	53,4	6,5	—	—	—	—	—	—	—	12,2
11	0,3	1,6	4,0	11,1	24,6	49,2	8,2	—	—	—	—	—	—	11,0
12	0,2	0,6	1,7	4,7	11,5	27,6	46,8	9,4	0,2	—	—	—	—	8,8
13	0,1	0,3	0,6	1,6	4,7	12,5	29,7	47,9	11,9	0,2	—	—	—	6,9
14	—	—	0,1	0,3	0,8	2,7	10,2	23,1	35,5	9,4	0,2	—	—	3,5
15	—	—	—	—	—	0,7	3,5	12,0	25,1	32,9	10,0	0,2	—	2,7
16	—	—	—	—	—	0,3	1,1	4,8	14,9	26,4	34,2	11,4	0,2	2,3
17	—	—	—	—	—	0,1	0,3	1,6	6,8	16,3	24,7	31,1	12,1	1,9
18	—	—	—	—	—	0,1	0,1	0,5	2,8	7,9	15,3	23,6	29,4	1,4
19	—	—	—	—	—	0,1	0,1	0,3	1,4	3,9	8,7	16,8	24,6	1,0
20	—	—	—	—	—	0,1	—	0,2	0,6	1,5	3,8	8,9	16,2	0,5
21 e +	—	—	—	—	—	0,1	—	0,2	0,8	1,5	3,1	8,0	17,5	0,5

NOTE ALLA TAVOLA E

I dati di questa tavola sono tratti dalla tavola 5 A e B del libro «Distribuzione per età degli alunni delle scuole elementari e medie» ISTAT 1963.

L'età è quella che i ragazzi avevano al 31 dicembre 1959.

Non siamo riusciti a sapere chi siano i 14.191 ragazzi che al 31 dicembre non avevano ancora compiuto i 6 anni.

Legalmente iscritti in queste condizioni potrebbero essere solo i nati il primo gennaio (circa 2000).

Il numero dei pierini si ottiene sottraendo dai 45.718 anticipati di seconda elementare i misteriosi 14.191.

STRAGE DI VECCHI

TAV. F

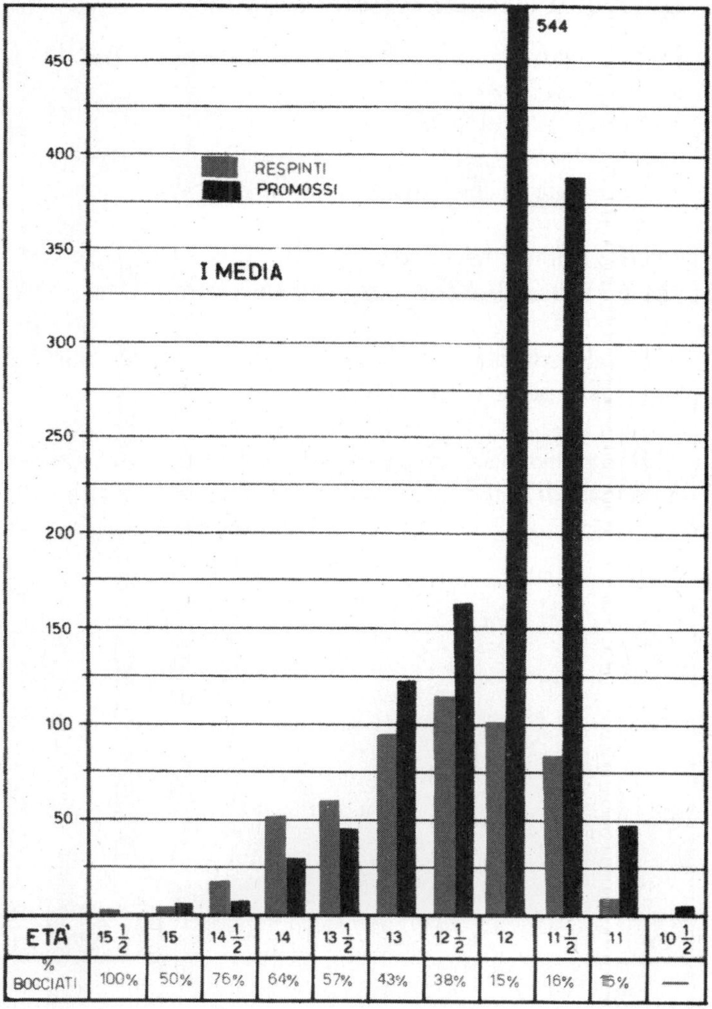

ETA'	15 1/2	15	14 1/2	14	13 1/2	13	12 1/2	12	11 1/2	11	10 1/2
% BOCCIATI	100%	50%	76%	64%	57%	43%	38%	15%	16%	15%	—

STRAGE DI VECCHI

TAV. F

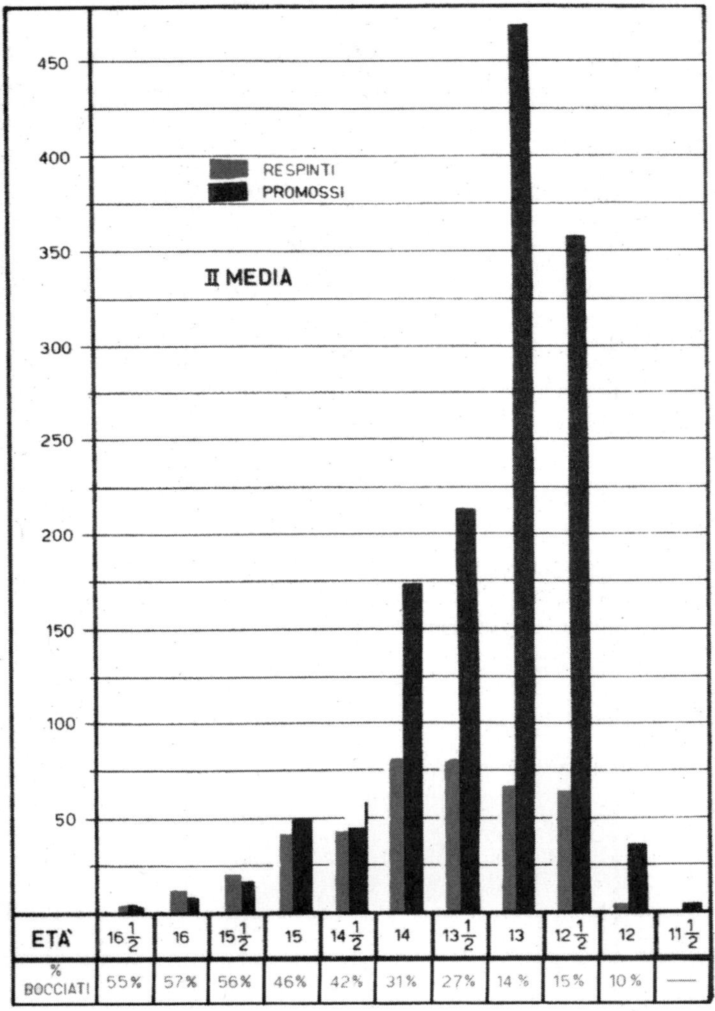

ETÀ	16 ½	16	15 ½	15	14 ½	14	13 ½	13	12 ½	12	11 ½
% BOCCIATI	55%	57%	56%	46%	42%	31%	27%	14%	15%	10%	—

NOTE ALLA TAVOLA F

Questa tavola è frutto di una nostra rilevazione. Lo erano anche le tavole a pag. 35, 42, 45, la nota * a pag. 39 e i giudizi sui temi a pag. 102.

Ci sarebbe piaciuto dare qui l'elenco delle scuole dove abbiamo fatto le rilevazioni. Sono molte e appartengono a provincie e regioni diverse.

Abbiamo però deciso di lasciarle tutte anonime. Il fatto è che alcuni presidi, direttori e insegnanti si sono trincerati dietro ai regolamenti come se avessimo chiesto segreti militari.

Altri ci hanno concesso di frugare nei registri a patto che non facessimo il nome della scuola.

Altri invece non ci hanno fatto neanche questa difficoltà, hanno essi stessi lavorato per noi e ci hanno dato preziosi consigli.

Non siamo riusciti a sapere se questi regolamenti di segretezza esistano o no. Ci pare impossibile perché si tratta di dati che son stati esposti al pubblico. Nell'incertezza non abbiamo voluto far danno ai nostri amici.

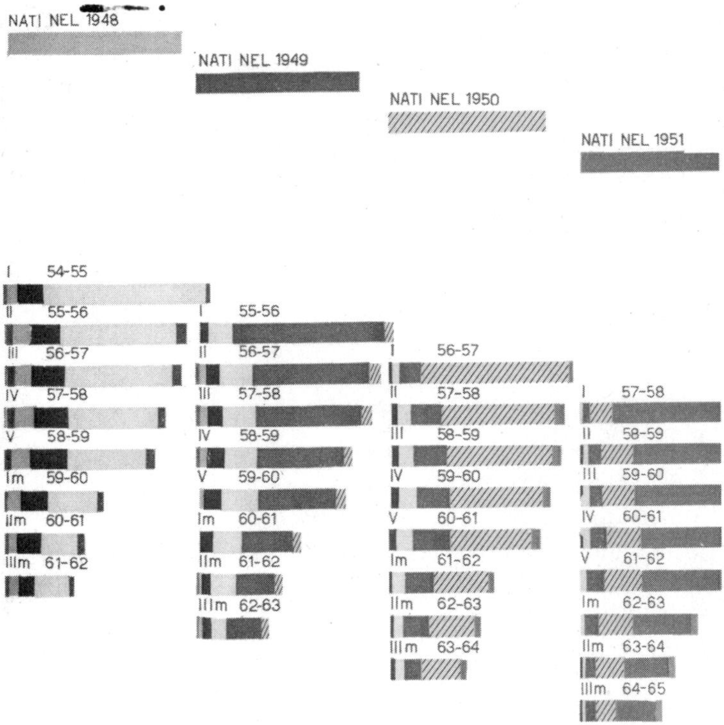

NATI NEL 1948
NATI NEL 1949
NATI NEL 1950
NATI NEL 1951
I 54-55
II 55-56
III 56-57
IV 57-58
V 58-59
Im 59-60
IIm 60-61
IIIm 61-62
I 55-56
II 56-57
III 57-58
IV 58-59
V 59-60
Im 60-61
IIm 61-62
IIIm 62-63
I 56-57
II 57-58
III 58-59
IV 59-60
V 60-61
Im 61-62
IIm 62-63
IIIm 63-64
I 57-58
II 58-59
III 59-60
IV 60-61
V 61-62
Im 62-63
IIm 63-64
IIIm 64-65

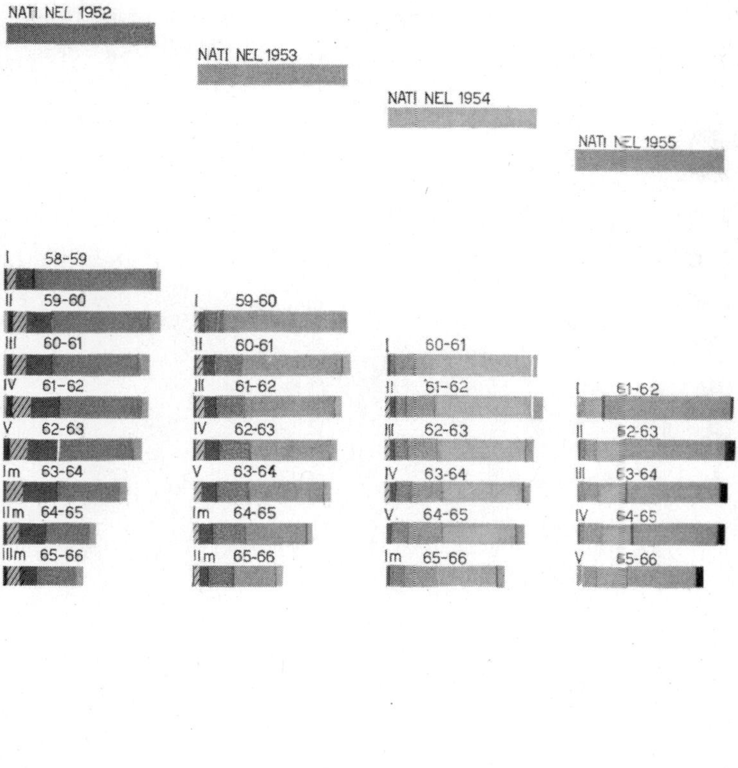
NATI NEL 1952
NATI NEL 1953
NATI NEL 1954
NATI NEL 1955
I 58-59
II 59-60
III 60-61
IV 61-62
V 62-63
Im 63-64
IIm 64-65
IIIm 65-66
I 59-60
II 60-61
III 61-62
IV 62-63
V 63-64
Im 64-65
IIm 65-66
I 60-61
II 61-62
III 62-63
IV 63-64
V 64-65
Im 65-66
I 61-62
II 62-63
III 63-64
IV 64-65
V 65-66

NOTA

La misura di ogni rettangolo è proporzionale al numero degli iscritti come nella tavola A.

La divisione in colori è stata fatta secondo i dati della tavola 5 B del libro «Distribuzione per età degli alunni delle scuole elementari e medie» ISTAT 1963. Questa tavola è riprodotta nella nostra documentazione (tav. E).

Siccome la rilevazione delle età è stata fatta solo negli anni scolastici 1952-53 e 1959-60, la nostra tavola è esatta solo sulla linea orizzontale corrispondente a quest'ultimo anno scolastico. Per gli anni precedenti e seguenti abbiamo applicato le percentuali del 1959-60 alla cifra reale degli iscritti di ciascun anno.

I dati così ottenuti hanno molta probabilità di approssimazione perché negli anni dal '54 al '66 non ci sono stati avvenimenti legislativi, sociali o economici tali da provocare cambiamenti nell'atteggiamento degli insegnanti.

Postfazione

La lezione di Dio

di Alberto Melloni

«Oggi inizia il corso sulla lettera di san Paolo agli Ebrei: che non è una lettera, non è di Paolo e non è agli Ebrei.» Così un grande esegeta cattolico, il p. Albert Vanhoye, iniziava il suo corso su quella epistola del Nuovo Testamento. Verrebbe la tentazione del plagio: e dunque dire che questa è la Lettera a una professoressa *della* Scuola di Barbiana*: che non è una lettera, non è a una professoressa, non è di una scuola e non è di Barbiana, perché tutte queste cose eccede e include in una luce così insolita da poter rimanere invisibile a chi non desideri vederla. Ma rischierebbe di apparire un gioco di prestigio. Per cui basterà andare senza troppi preamboli a fornire qualche chiave di lettura, pleonastica rispetto alla forza di queste pagine di* μ *(e mi si perdonerà di abbreviare anche qui, come nell'Introduzione al Meridiano, il nome di don Lorenzo Milani col* μ*: per evitare di finire dentro quella gergalità facilona che tratta «donMilani» come un brand o un hashtag* ante litteram*; per non violare la sfera degli affetti di chi poteva chiamarlo e lo chiama ancora «don Lorenzo»; e per non strappare alla maiestatica confidenza di chi lo chiamava «il Priore» una intimità che sarebbe presuntuoso farsi prestare). Queste di* μ *sono pagine taglienti come tutte le altre: ma pensate e poi portate a conclusione proprio quando sa che la sua vita spesa si sta consumando in modo definitivo.*

Ripercorriamo il testo con rinvii ai due tomi del recente Meridiano (don Lorenzo Milani, *Tutte le opere*, Edizione diretta da Alberto Melloni, a cura di Federico Ruozzi e di Anna Carfora, Valentina Oldano, Sergio Tanzarella, Mondadori, Milano 2017), indicato con § seguito da tomo/pagina.

1

A settembre del 1965 un episodio minore di storia scolastica lascia la sua modesta traccia nei registri dell'Istituto Magistrale Pascoli in Firenze: Carotti Luciano e Zagli Enrico vengono bocciati alle magistrali dove erano iscritti. Due nello stuolo di bocciati che il sistema educativo nazionale, a quella altezza cronologica, seleziona con cura millimetrica fra i ceti bassi, in una pedagogia della subalternità che aveva alle spalle la lunga pratica fascista e che ancora non era stata rovesciata. La complessità delle politiche riformatrici del primo centrosinistra si dimostrava anche così: nel moltiplicarsi di piccoli episodi di storia sociale minuta, che acuivano il senso di ribellione di quella parte di Paese che vedeva nel «rimuovere gli ostacoli che di fatto si frappongono alla piena realizzazione» della persona il compito ancora irrealizzato della Costituzione lamentato da Piero Calamandrei e perciò il più urgente dovere della Repubblica.

Quei due ragazzi venivano da Barbiana e si erano iscritti al Pascoli con il sogno di dedicarsi all'insegnamento per santa emulazione verso un maestro – il loro maestro – piuttosto anomalo. E chi li consola dopo quel naufragio scolastico non è una mamma cotonata dal perbenismo, ma il priore di Barbiana, μ. È lui che si infuria verso «quelle bestie» e tenta di tamponare con un comparatismo al ribasso («hanno bocciato anche Michele naturalmente», [§2/1152]) la delusione dei suoi «figlioli». La loro scontentezza in lui è addirittura moltiplicata. μ ha accolto la ordinazione presbiterale il 13 luglio 1947 come un mandato irrevocabile ad annunciare e denunciare l'insopportabilità del torto patito dal povero visibile e concreto. E dunque non si può accontentare di subire, perché farlo sarebbe bestemmiare il proprio ministero.

In prima battuta µ tenta di immaginare una soluzione pratica e surreale al tempo stesso, rivolgendosi il 7 dicembre 1965 a un insegnante venticinquenne di Piossasco: un giovane appena laureatosi su Emmanuel Mounier, già dirigente della GIAC e dieci anni dopo parlamentare della Sinistra indipendente, Adriano Andruetto:

> Avremmo gradito di più un professore di magistrali amico della zona di Firenze. Ho infatti una scuola meravigliosa che scodella meravigliosi ragazzi che parlano correttamente due o tre lingue moderne, che sono stati a lungo all'estero a lavorare, che sanno tutto di politica e di sindacato, che conducono una vita austera come non se la sogna nessun rettore di seminario. I ragazzi che escono di qui per fare i sindacalisti trionfano sull'ambiente. Quelli che vanno a lavorare in officina all'estero e in Italia si impongono. Quelli però che vorrebbero dedicare la loro vita all'insegnamento cozzano contro il muro delle magistrali ricevendo solo umiliazioni come ragazzini, mentre vivono da anni come adulti e adulti severi. Il modo di scrivere che gli ho insegnato io là è considerato scarno e poi col tipo di temi che ricevono non son capaci di scrivere perché considerano il tema una farsa, una cosa convenzionale. Qui erano abituati a scrivere solo quando occorreva scrivere e mai come esercitazione. Parlare correttamente una lingua straniera là è considerato zero se non si conoscono le regoline. La storia moderna su cui son ferrati là non la faranno nemmeno. La geografia politica su cui saprebbero tutto là non vien chiesta. La cultura sindacale ancora meno.
>
> La passione per l'insegnamento oppure anni di insegnamento che hanno fatto qui ai loro compagni minori non è considerato quanto la conoscenza del parentado di Enea (di cui i miei ragazzi non sanno nulla, e poi non vogliono conoscere il parentado di chi non è nemmeno esistito). Insomma una fila di tragedie.
>
> Se lei conosce un istituto magistrale (anche a Pantelleria se occorre) dove un preside aperto si senta onorato di ricevere gli allievi di don Milani e si impegni a farli interrogare da professori

che onorano la maturità, la vocazione all'insegnamento, l'austerità di vita e l'analfabetismo dei genitori, la montagna con i suoi secoli di oppressione e di sofferenza, lo scrivere scarno e senza fantasia, la preparazione sindacale e politica, il coraggio di andare all'estero a 13, 14, 15 anni a lavorare e stringere la cinghia per conoscere a fondo lingue e mondi diversi, me lo faccia sapere. [§2/1209-10]

Anche a Roberto Berardi chiede in quella vigilia dell'Immacolata (festa che viene celebrata ma che non interrompe la scuola) di venire a spiegare perché anziché essere accolti «con riverenza» trova per i suoi ragazzi «solo pozzi di chiusura al mondo esterno» [§2/1211]. Ma sono mosse senza esito.

Infatti alla fine dell'anno scolastico in corso, il 1965/66, altri tre allievi vanno incontro alla bocciatura. È la conferma senza equivoci di un risentimento del sistema scolastico istituzionale verso la singolare esperienza barbianese? È anche questo, ma non solo questo.

Le bocciature patite dagli allievi di quella scuola monocratica ed egualitaria – fatta da un prete senza titoli e ciò nonostante la più pubblica di sempre – sono torti, danni, ma soprattutto ingiustizie che gridano vendetta *al cospetto di Dio*. Nella loro materialità procedurale non dicono niente di nuovo rispetto al conflitto fra l'autocomprensione del sistema della pubblica istruzione democristiana e l'autocomprensione della esperienza di μ: quel conflitto si era palesato in tutta la sua insanabile radicalità parecchio tempo prima, ad esempio nel gennaio 1962 quando Fioretta Mazzei, assessore della giunta La Pira al Comune, aveva invitato don Lorenzo Milani a un incontro con i direttori didattici risoltosi in un litigio, che noi oggi possiamo riascoltare quasi come una intercettazione ambientale fra due mondi incomunicanti.

Ma nella loro incidenza esistenziale, nel colpire il corpo e la carne del povero, quelle bocciature apparivano uno sberleffo che andava ben oltre il piano didattico: era la replica sanguinosa a una sfida assoluta, che metteva in gioco tutta la fede e tutta l'umanità di chi l'aveva vissuta e profetata.

2

Mai µ lo chiama così: ma se si considera l'orizzonte messianico della attesa della redenzione che egli fa sua, nella professoressa c'è qualcosa di diabolico, come se essa fosse stata scelta quale strumento per colpire la valenza apocalittica della esperienza intera impiantata da e dentro µ.

Lui, µ, dunque: il giovane rampollo della più colta borghesia ebraica che aveva iniziato fin da ragazzo il suo viaggio in cerca di un assoluto capace di tenere vive *tutte* le sue inquietudini e che grazie all'incontro con don Raffaele Bensi trova nella talare il modo per rompere con il suo mondo e iniziare un'avventura cristiana travolgente. Lui, µ, aveva visto in tutta la sua vita sacerdotale accanirsi contro di sé con una ferocia crescente e implacabile la Chiesa alla quale si era consegnato e lo Stato che voleva fosse strumento di giustizia. Se poco prima di morire si vedrà recapitare sul letto d'ospedale dall'autista dell'arcivescovo (sic!) una lettera di rampogne crudeli e se da morto verrà condannato da un tribunale alla pena di otto mesi di reclusione per apologia di reato – dove il reato era aver difeso gli obiettori di coscienza... – non fu per una efferatezza «immotivata» dei poteri costituiti irritati dal piccolo ribelle. Se quelle istanze reagiscono così è perché il suo è stato il percorso di un prete che appartiene a buon diritto alla letteratura apocalittica: e come tutta la letteratura apocalittica individua il demoniaco del potere, ma anziché offrirgli un compromesso, se mai a favore dei poveri, lo denuncia nella sua radicale irricevibilità idolatrica. Appartiene, µ, a quel genere che nella grande tradizione ebraica e cristiana non ha nulla a che vedere con la decifrazione del futuro o i pronostici di catastrofi: ma che adotta immagini e parole a testimonianza della brutalità e della vulnerabilità della prepotenza che vuole dominare il mondo in nome della paura che incute ai vinti, ai subalterni, agli oppressi. Il gesto del profeta apocalittico, nelle Scritture ebraiche e cristiane, è quello di denudare quella bestia mostruosa che si pretende onnipotente e che invece è del tutto incapace di impedire lo scoccare di quella scintilla di giustizia e di amore che, da sola, trafigge la pretesa totalitaria: il gesto profetico non è quello dell'eroe che mira al cuore del drago delle favole rischiando la vita, ma quello del profeta che indica i piedi d'argilla dei grandi impianti del potere avendola già consegnata, la vita.

«Don Milani è questo: tutto proteso alla città futura» dirà di lui Giorgio La Pira, in uno dei primi film sul priore di Barbiana nel quale il santo fatto sindaco – ma sindaco non ancora fatto santo da una Chiesa velocissima nel mandare sugli altari figure talora un po' ambigue – interpreta la parte di se stesso in visita al cantiere che µ aveva aperto per dare una casa alla vedova di un operaio al cui funerale aveva ammesso in chiesa le bandiere rosse.

L'apocalittica di µ sceglie i gesti profetici con cui esprimersi: che sono in buona sostanza due, la scrittura e la scuola. Gesti assunti con gravi rischi e pericoli – incluso il rischio di essere trattato come un autore dalla prosa iperbolica o «paradossale» [§1/246], il rischio di essere ridotto a prontuario socio-psico-pedagogico, adulato dal professorato svenevole della «sinistra cristiana e non cristiana» [§2/472], stirato da un pedagogismo svogliato. Scrivere e fare scuola, infatti, sono ciò che, quando guarda il suo percorso nell'imminenza dei suoi 40 anni, gli fa sentire il dolore di quel fuoco che gli brucia le ossa (Ger 20,9) e che il 9 gennaio 1964 vomita addosso all'uomo che più lo ama, don Bensi:

9 anni fa ero un prete innocente e religioso lei invece chissà cosa pensava che avessi fatto se racconta che io stesso chiesi per chi sa quale masochistica autopunizione, l'infamia, il confino in un deserto e praticamente lo spretamento. Ridotto contro la mia volontà e vocazione allo stato laicale d'un maestro lei ha ignorato perfino questa mia povera arte travisandola chis-

sà per quale superficialissima informazione in ipnosi e dittatura appiattitrice d'anime.

Questi due suoi granchi son le cose che faccio fatica a ingollare. Lei poi sa bene che il comportamento della curia verso di me (come anche verso altri preti) è semplicemente criminale perché oltre allo scandalo verso i poveri è anche un esporre a gravissimo rischio la mia anima.

Eppure crede ancora di poter trattare un uomo di 40 anni a eufemismi e rimproverarlo perché dà ormai alle cose i loro nomi. *Se sbaglio* è colpa vostra che avete seppellito nel danno dell'isolamento un uomo che mancava di esperienza e allora vi correva l'obbligo di venirlo a trovare spesso in carcere per spiegargli che il vescovo e il vicario non sono atei come pare ma solo pazzi, non son venduti come pare ma solo deficienti. *Se invece non sbaglio*, non ho ormai a 40 anni invecchiato nel lavoro, nel peccato e nella malattia il diritto di sentirmi dire (senza tante paure di insuperbirmi) un po' di verità (come un bambino che ha fatto ormai gli sviluppi) da un vecchio prete che più volte mi ha fatto da padre (ma non in questo) e che per la vita che ha fatto sa quelle cose che io non posso sapere? Voglio sapere (non per me, per i ragazzi) come funziona la gerarchia a Firenze. Qual è la meccanica dei suoi errori e dei suoi delitti.

E quando sapessi questo, vorrei sapere qual è l'atteggiamento più santo: l'accettazione (che spesso è comoda) o il reagire (che spesso costa caro).

Il Vescovo non s'è visto, il Rettore non s'è visto, don Lupori non s'è visto, Padre Balducci, don Barsotti. Vengono solo i preti scemi (come dice lei). Forse invece vengono solo i preti umili che hanno pietà. Poi vengono i poveri abbondantemente, son quelli che mi han fatto dimenticare tutti voi e il suicidio. Sono stati i miei confessori i miei direttori spirituali i miei maestri il mio Dio (l'altro Dio mi perdoni. Del resto non li ho cercati io. Poi c'è una pagina del Vangelo che perdona anche me l'ho scoperto solo ora quella dell'ultimo giudizio là dove le pecorelle dicono «Quando mai ti abbiamo visto affamato ecc.?». Vuol forse dire che servivano Gesù anche senza volgergli espressamente questa intenzione e questa offerta?) E i poveri dopo avermi usato questa pietà d'accogliermi come uno di loro, dopo aver fatto per me quella carità che mi rifiutava il resto della Chiesa, non hanno anch'essi il diritto di sapere tutte queste cose?

Tante volte ho pensato di scriverle più o meno in questi termini poi non ne ho mai avuto il tempo perché avevo p. es. da insegnare grammatica a un contadinello duro di testa e morbido di carne cioè al mio Dio e allora mandavo al diavolo tutti voi borghesi che non mi conoscete più e che non conosco più. [§2/977-8]

Non sempre, non con tutti, µ fa trasparire la profondità del segreto dolore che lo abita: anzi, quasi mai lo svela con tanta crudezza (lo farà in altro modo con monsignor Enrico Bartoletti [§2/542-8]).

Con chi ama – soprattutto con la *yiddishe mame*, Alice Weiss Milani – µ si rifugia spesso in un raffinatissimo registro ironico che manovra con straordinario virtuosismo fin dalle prime prove «letterarie» dello studentello alle prese con i compagni di classe [§2/10-2] fino alle ultime lettere proprio a don Bensi sul modo in cui ha orchestrato la «regia» della sua morte [§1/1345].

Con chi individua come nemico della gente che ama, invece, usa il registro della polemica e la strategia del camuffamento. Lui, il ragazzino che quando andava male in italiano prendeva lezioni da Giorgio Pasquali, patriarca della filologia nazionale; che quando sentiva l'inglese della mamma non ignorava che era stato James Joyce ad averla divezzata nella lingua di Oscar Wilde, va oltre il mero *épater le bourgeois*. Gioca a nascondino con la leggerezza del virtuoso e dello snob: e si nasconde dietro la scuola e dietro una caricatura di sé, non dissimile da quella oggi invalsa sui maestri di strada, non perché non ne colga la improprietà, ma per confondere con una immagine di sé chi non capisce la *portata* della sua esperienza e della sua attesa, inclusa quella scolastica.

3

È esemplare, da questo punto di vista, quell'incontro con i direttori didattici del 3 gennaio 1962, voluto dalla Mazzei, che citavo poc'anzi e che contiene *in nuce* molti degli argomenti della *Lettera a una professoressa.* µ non va alla riunione tenuta a Palazzo Vecchio con l'intenzione di enunciarli. Vorrebbe limitarsi a descrivere la sua come una sorta di scuola paterna collocata nel caso estremo:

Se mi domandate perché faccio scuola, rispondo che faccio scuola perché voglio bene a questi ragazzi. Come voi mandate a scuola i vostri figlioli, così io ci tengo che i miei figlioli abbiano scuola: questa è una cosa affettiva, naturalissima. [§1/1159]

La sacralità della parola, la umanizzazione della lingua (la sua lingua) viene anch'essa esposta dapprima nella chiave della affettività:

Quantunque i miei parrocchiani siano toscani, quantunque usino espressioni dantesche ogni poco, non son capaci di un discorso lungo, di un discorso complesso, di una lingua che non sia quella che serve per vendere i polli al mercato di Vicchio il giovedì, o nei pettegolezzi delle famiglie. Una lingua così povera non è assolutamente sufficiente per ricevere la predicazione evangelica. Questa è la condizione, direi di ordine pastorale, che non dovrebbe direttamente interessarvi, ma vi spiega un po' perché mi occupo di questa cosa. Su questa premessa, cioè considerandomi un missionario in un Paese straniero di cui non conosco la lingua, io avevo ancora la possibilità di studiare la loro lingua e parlare il loro linguaggio, ma mi dispenso dal dimostrarvi che questo linguaggio non esisteva. Non si può parlare la loro lingua perché è una lingua di basso interesse, di bassi vocaboli. Non bassi in senso cattivo, ma non elevati. Ed io non mi ci abbasso a livello dei miei parrocchiani. Abbassarsi al loro linguaggio e non dire più cose alte, a me non va. Io seguito il mio linguaggio alto e quindi o loro vengono al mio linguaggio o non ci si parla. Ecco perché io ho iniziato il mio apostolato dalla scuola, con l'insegnare la grammatica italiana. Alla fine è successa questa disgrazia d'innamorarmi di loro ed ora mi sta a cuore tutto quello che sta a cuore a loro.

Ecco perché questa scuola poi è diventata una scuola, diciamo così, laica, severamente laica. Sono partito con l'idea di fare della scuola il mezzo di intendersi e di predicare, poi nel far scuola gli ho voluto bene ed ora mi sta a cuore tutto di loro, tutto quello che per loro è bene, persino l'aritmetica che a me non piace e il loro bene è fatto di tante cose: della preparazione politica, sociale, religiosa, della cura della salute. Insomma c'è di tutto. Né più né meno quello che voi fareste e fate per i vostri figli. [§1/1160]

Il non-modello di Barbiana enunciato come modello scolastico viene descritto proprio per nascondere in uno sforzo estremo la questione che per brevità definisco «apocalittica»:

Vi do qualche notizia su questi orari: facciamo scuola dall'otto di mattina all'otto di sera, con una breve interruzione per mangiare. Solo chi sta abbastanza vicino va a casa di corsa e poi torna, gli altri mangiano qui. Quindi, praticamente undici dodici ore di scuola. I giorni della settimana sono sette da noi. I giorni dell'anno sono 365. Negli anni bisestili sono 366. Non si fa vacanza. Mai, per nessun motivo, né a Pasqua, né a Natale! La domenica c'è la differenza che si va a messa, e poi non c'è nessun'altra differenza. La scuola è ininterrotta. In conclusione, un vostro anno scolastico è di 207 giorni con 724 ore. Tre mesi nostri d'estate sono mille ore, cioè un po' più d'un anno *scolastico* vostro. E a settembre quando si presentano all'esame di quinta, oltre a far l'esame di quinta leggono correntemente il francese perché gli faccio sentire dischi di francese in tutte le ore libere e si arriva a fare la prima avviamento con il francese, si può dire, già molto bene avviato. [...] Questa situazione io capisco bene che a voi appaia esagerata, o paradossale, o feroce o malsana. Non so cosa ve ne parrà. Vi assicuro però che ai miei parrocchiani pare paradossale che la vostra scuola chiuda tutta l'estate, che la vostra scuola duri quattro ore, nelle quali la maestra sostiene che i ragazzi han bisogno di mezz'ora di ricreazione. È un'assurdità che vi fa apparire strani ai miei contadini. Gente che d'estate si leva prima del sole e va a letto tardi la sera, che considera il lavoro un dovere dei ragazzi. Per cui a tre anni badano i tacchini, a quattro anni badano i maiali, a cinque badano le pecore. Non l'ho inventato mica io che i contadini facciano sacrifici duri. Oltretutto pensate che in questa condizione è la maggioranza dell'umanità. Voi qui, con le vostre raffinate scuole, con tutte le paure che avete di sacrificare i ragazzi, siete la minoranza infima. Dietro a noi, c'è tutta l'Asia, tutta l'Africa, tutta l'America centrale e meridionale, tutto il mezzogiorno d'Italia, tutte le montagne del mondo. Sicché, sicuramente, l'80% dell'umanità sacrifica i ragazzi, li abitua a una vita durissima. Io sono schierato con questi. [§1/1161-2]

Ma alla fine è proprio il nodo ultimo della apocalittica che viene fuori: la logica che il gergo democristiano e la dottrina sociale della Chiesa definivano «interclassismo», µ la rifiuta in nome di uno *stare* con i poveri che non ammette né compromessi, né attenuazioni, né mediazioni ragionevoli e men che meno il ricorso al «fin di bene» che da sempre nella storia della Chiesa è stata la machiavellica foglia di fico usata da chi ama le morbide vesti e i palazzi dei re, preclusi al profeta (Mt 11,7-10):

mi dispiace, ma qui mi tocca dire una parola che la Fioretta non voleva che dicessi. Faccio questo discorso: «Senti ragazzo, la tua classe sociale, gli oppressi, gli infelici di tutto il mondo, dall'Algeria, al Congo, a Barbiana, al Monte Giovi, nell'officina, nei campi, gli oppressi di tutto il mondo, i proletari di tutto il mondo, soffrono di questa data sofferenza che tu hai. Dedica tutta la tua vita a fare sortire questa classe da questa situazione». Cioè – ve lo devo dire – io baso la scuola sulla lotta di classe. Io non faccio altro dalla mattina alla sera che parlare di lotta di classe. E la scuola funziona perché io faccio soltanto questo discorso. Qualcuno può dire che questi sono discorsi che non devo fare, che la parola «lotta di classe», come diceva la Fioretta, non si deve rammentare. Ma lasciamo andare il nome, la sua etichetta. Io vi ho descritto due discorsi: il primo che è senz'altro ignobile dire a un ragazzo: vivi per te stesso, fatti strada nel mondo, studia, così diventerai chissà che cosa, non voglio dire la parola più volgare: farai i quattrini. Invitandolo a vivere per se stesso è considerato nobile e lecito nella scuola attuale. Una cosa così sporca e immorale. Invitarlo all'egoismo, invitarlo a studiare tutto per sé: «Studia così avrai delle gioie dallo studio, studia così ti farai un posto», questo è lecito; invece dirgli: «Studia per tutta una classe, che è il 90% degli uomini, allarga il tuo cuore al resto del mondo», questo è proibito, perché c'è di mezzo quella parola Si può anche non usarla, ma perché dobbiamo fare fatica a non usarla? Non possiamo aver paura delle streghe. Bisogna dire così, non possiamo mica fare scuola e, tutte le volte che occorre dire una parola, mordersi la lingua. Io non me la mordo per nulla. Io la uso dalla mattina alla sera. I ragazzi miei sono appassionati a studiare perché vogliono elevare se stessi per tutta la loro classe. Hanno davanti agli occhi tutto il mondo sofferente. [§1/1165-6]

Far sì che i ragazzi conoscano messianicamente «tutto il mondo sofferente», che sappiano dell'Algeria e del Congo, si traduce polemicamente nell'inversione semantica che fa inorridire i direttori: «parliamo dello sciopero come nelle vostre scuole si parla della patria. E si parla della patria come nelle vostre scuole si parla dello sciopero». E pone il problema del destino dei vinti davanti al potere che non si contenta di piegarli fino a terra, ma li vuole fare sentire *giustamente* sconfitti nella loro singolarità esistenziale:

Per l'appunto a Barbiana è andata bene e hanno trovato me. Ma se non avessero trovato me, questi infelici, sarebbero venuti a Firenze in condizione di inferiorità umana spaventosa, da non potersi difendere né politicamente, né religiosamente, né umanamente, né trovar moglie: le cose più tremende. Io le dico: «Guardi, vengo a farle una raccomandazione: ho qui alcune migliaia, alcuni milioni di infelici dietro di me, che stanno scendendo dai monti e affrontano questa orribile città, mostruosa, tra i vizi: tutto questo denaro, con tutta questa luce, con questi sfarzi, tutte queste cose che loro non avevano ancora visto. Sono in stato di tremenda inferiorità». Lei mi risponde: «Va bene, li metto qui a scuola insieme al figlio dell'ingegnere». Poi le do un dato: dopo due anni, i ragazzi che lei ha messo a scuola e al doposcuola assieme al figlio dell'ingegnere, l'anno dopo, a prima media, quelli mi bocciano tutti e i figli dell'ingegnere, passano tutti. [§1/1170]

Messo alle strette da un ceto di pubblici dirigenti educato all'anticomunismo come premessa e che non lo capisce, il coltissimo µ reagisce con quella durezza che rimarrà intatta nel momento in cui la sua educazione alla indignazione come dovere teologico accende nel bocciato un desiderio di «vendetta»:

Abbiate pazienza, ma, realmente, a questo punto, mi trovo a disagio. Perché voi mi fate discorsi così complessi che non seguo neanche, proprio non mi riesce. Io sono montanaro e al vostro livello non ci sono. Però mi fate venire un brivido di freddo nella schiena a pensare che possiate parlare degli uomini come se fossero dei numeri. Io mentre parlo con voi, sto in pensiero di quello che stanno facendo i miei ragazzi lassù. Son sotto la neve, soli a far scuola. Io penso a loro. Voi mi fate ridere con questi discorsi così generici. Mi dispiace moltissimo, ma non vi posso seguire. Io sto pensando a Silvano, Aldo, Pierino, chi sono, cosa vogliono fare loro. Se mi entrate in un campo così teorico di quello che può succedere alla società domani, a me non importa nulla. Io voglio bene a queste determinate persone. Mi avete chiesto di dirvi come si fa a fare scuola a queste determinate persone che ho davanti e ve l'ho detto; discorsi teorici non mi interessano. Io ho queste persone davanti: cos'è il loro bene e cosa posso fare per loro? Il massimo d'istruzione, il massimo di capacità umana, di linguaggi, di possedimento ed il mezzo di espressione da poter intendere il più possibile, da poter spiegare il più possibile. Per fare questo vi ho detto il trucco: cioè li faccio vibrare dalla mattina alla sera di questa passione missionaria. Diamogli questo nome più nobile, così faccio contenti tutti, di questa passione missionaria di apostoli dell'elevazione della loro classe. No, «classe» non si può dire, d'apostoli dell'elevazione dei poveri, degli infelici. Di apostoli dell'elevazione degli infelici, escludendo i più privilegiati. Bisogna escluderli, sennò non s'appassionano. Lei non può appassionare dei ragazzi a dire: «lavora per tutta l'umanità, ricchi e poveri insieme». È impossibile, è nelle nuvole. Nella realtà non si fa. Nella realtà lei può dire: «guarda questi algerini, che sofferenza, facciamo qualcosa per loro. Bisogna far in modo che si possano difendere con l'istruzione. Guarda questi meridionali». [§1/1180-1]

La difesa del «classismo di cultura» di μ si basa sulla idea che esista una «forza del sapere» [§1/1171 e 1173] nel quale entità cosmiche si affrontano – *mirabile pugnando* direbbe la liturgia pasquale – nel corpo fisico e spirituale di ragazzini e ragazzine esposti a una istruzione che deve convincerli della loro irredimibilità, deve trasformare la timidezza del povero nella disistima di sé e prepararlo alla scelta fra sottomissione e violenza che lo condannerà alla foucaultiana reclusione in istituzioni totali di schiacciamento.

4

L'intensità della fame e della sete di giustizia che muove µ gli impone una sorta di «disciplina dell'arcano». Nella Chiesa antica la consegna delle preghiere più importanti, a partire dal Padre nostro, avveniva come la trasmissione di un segreto: così µ non dice, nemmeno a se stesso, il senso di quella esperienza; al massimo ne lascia traslucide delle parti, come nella lettera del gennaio 1966 – fra la prima e la seconda raffica di bocciature – indirizzata a Nadia Neri:

> E poi te l'ho già detto, io vivo per loro, tutti gli altri son solo strumenti per far funzionare la nostra scuola. Anche le lettere ai cappellani e ai giudici son episodi della nostra vita e servono solo per insegnare ai ragazzi l'arte dello scrivere cioè di esprimersi cioè di amare il prossimo, cioè di far scuola.
>
> So che a voi studenti queste parole fanno rabbia, che vorreste ch'io fossi un uomo pubblico a disposizione di tutti, ma forse è proprio qui la risposta alla domanda che mi fai. Non si può amare tutti gli uomini. Si può amare una classe sola (e questo l'hai capito anche te). Ma non si può nemmeno amare tutta una classe sociale se non potenzialmente. Di fatto si può amare solo un numero di persone limitato, forse qualche decina forse qualche centinaio. E siccome l'esperienza ci dice che all'uomo è possibile solo questo, mi pare evidente che Dio non ci chiede di più.
>
> Nei partiti di sinistra bisogna militare solo perché è un dovere, ma le persone istruite non ci devono stare. Li hanno appestati. I poveri non hanno bisogno dei signori. I signori ai poveri possono dare una cosa sola: la lingua cioè il mezzo d'espressione. Lo sanno da sé i poveri cosa dovranno scrivere quando sapranno scrivere.
>
> E allora se vuoi trovare Dio e i poveri bisogna fermarsi in

un posto e smettere di leggere e di studiare e occuparsi solo di far scuola ai ragazzi della età dell'obbligo e non un anno di più, oppure agli adulti, ma non una parola di più dell'eguaglianza e l'eguaglianza in questo momento dev'essere sulla III media. Tutto il di più è privilegio.

Naturalmente bisogna fare ben altro di quel che fa la scuola di Stato, con le sue 600 ore scarse. E allora chi non può fare come me deve fare solo doposcuola il pomeriggio, le domeniche e l'estate e portare i figli dei poveri al pieno tempo come l'hanno i figli dei ricchi.

Quando avrai perso la testa, come l'ho persa io, dietro poche decine di creature, troverai Dio come un premio. Ti toccherà trovarlo per forza perché non si può far scuola senza una fede sicura. È una promessa del Signore contenuta nella parabola delle pecorelle, nella meraviglia di coloro che scoprono se stessi dopo morti amici e benefattori del Signore senza averlo nemmeno conosciuto. «Quello che avete fatto a questi piccoli ecc.» È inutile che tu ti bachi il cervello alla ricerca di Dio o non Dio. Ai partiti di sinistra dagli soltanto il voto, ai poveri scuola subito prima d'esser pronta, prima d'esser matura, prima d'esser laureata, prima d'esser fidanzata o sposata, prima d'esser credente. Ti ritroverai credente senza nemmeno accorgertene.

Ora son troppo malconcio per rileggere questa lettera, chissà se ti avrò spiegato bene quel che volevo dirti. [§2/1222-3]

Davanti al «numero limitato» di persone da amare – unica garanzia di un amore cristiano e vaccino contro un surrogato retribuito della carità ideologica – la seconda raffica di tre bocciature diventa per µ un affronto. E µ – forse neppure Dio oserebbe scegliere fra «inconsapevolmente» o «consapevolmente», figurarsi lo storico… – trasforma l'onta in una *vendetta* nel senso di Dt 32,35 contro una prepotenza intollerabile nella misura in cui vuole smentire l'amore che è diventato in lui urgenza e attesa della redenzione. Lo sappia o no, sia un intuito o un caso – ma in un uomo di quello spessore e cultura il caso e l'ignoranza sono difficili da presumere –, è *per quello* che da µ nasce *Lettera a una professoressa*.

Che diventi la sigla del Sessantotto e il bersaglio dell'antisessantottismo, la bandiera della scuola antiautoritaria e il peccato originale imputato al passato da parte di chi non smette di sognare la restaurazione di un merito ridotto a pseudonimo classista, che possa essere usata o manipolata – tutto questo interessa un poco a noi, niente a lui: lui sa di essere vicino alla morte, forse vicinissimo, e non ha altra scelta che scrivere il suo testamento con un cifrario particolare, che usa la soggettività dei ragazzi come colori, e la scuola come una tela per fare quel capolavoro volutamente anonimo. Proprio la distanza definitiva e fatale che sa che lo staccherà dal gesto profetico che compie e nasconde, dà il senso anche della cronologia fine della genesi della *Lettera*.

5

Adele Corradi, l'unica docente ammessa dal priore accanto ai suoi ragazzi, ha raccontato a Valentina Oldano i propri ricordi sull'origine della *Lettera* e sul ruolo dei ragazzi sdegnati:

> Io ero nella stanza accanto a fare scuola. Arrivò un ragazzino con una paginetta che diceva «Cara professoressa, lei è una poco di buono», o cose simili. Io mi alzai, andai da don Lorenzo e gli dissi: È una porcheria! È il foglio di un ragazzo arrabbiato! Il priore mi domandò: La vuole più bella? E noi la faremo più bella! Parlava sorridendo come uno a cui è venuta un'idea geniale; l'idea lo divertiva. [§1/842n]

Dopo pochi giorni ricorda che venne da lei un altro ragazzo, con l'attacco sferzante che tutti ricordano e rimarrà fino alla stesura finale l'esordio della *Lettera*: era Enrico Zagli, il bocciato del 1965, che ha spiegato a Valentina Oldano di essersi ritratto in quelle righe:

> Il ragazzo timido della prima pagina ero io, ero io che strisciavo alle pareti, la mamma che si intimidiva e il babbo che non parlava erano i miei genitori. [§1/842n]

La necessità di Enrico di liberarsi dal panico sociale, µ la accoglie e la coglie al volo come una occasione imperdibile per ripetere l'esperienza della lettera ai giudici. Una «grande lettera» che sarà «contro le professoresse» [§2/1271], presentata a Edoardo Martinelli con quel registro dell'ironia che fa sempre parte, sul piano stilistico, dei camuffamenti dei momenti difficili. Il 18 luglio 1966 gli racconta del modo in cui s'è inserito quel tal Nando di Rho:

> Nando ha una tettoia che gli copre gli occhi partendo da un'enorme divisa. Sotto questo aspetto di bambola c'era un ragazzo spaventato e chiuso tutto teso ai suoi latinucci. Ora dopo solo quarantott'ore s'è sciolto e chiede lui stesso di stare qui in camera a scrivere la grande lettera. Ti anticipo solo una frase molto espressiva: «La scuola sarà sempre meglio della merda». La dice un ragazzo per esprimere che prima di venire qui doveva sconcimare la stalla a 36 mucche. [§2/1274]

Dell'inizio dei lavori µ dà conto anche a Elena Pirelli Brambilla: il 31 luglio le dice che non è più «*contro*» ma semplicemente «*alle* professoresse che selezionano» [§2/1281-2] e anticipa quella espressione sulla conversione dell'odio in amore che intenerirà il Pasolini di una celebre intervista televisiva su *Lettera a una professoressa*. All'amica milanese confessa l'11 settembre 1967 che l'opera è

> ancora lontana dall'esser finita, ma scioglierà in lacrime tutte le professoresse d'Italia e le convertirà sicuramente. Se invece s'offenderanno e ci offriranno un nuovo processo sarà un'ottima pubblicità. [§2/1291]

E il 20 settembre preannuncia ad Agostino Burberi la soddisfazione per un lavoro al quale non attribuisce un carattere testamentale, che fa capolino solo nel sintetico interrogatorio «da parroco» che chiude la lettera:

> Stiamo lavorando a una importante lettera aperta alla professoressa che bocciò il Biondo e Enrico l'anno scorso. Le tre bocciature di quest'anno mi hanno rinfocolata la rabbia e pen-

so che verrà fuori un capolavoro. Sarà un canto di fede nella scuola e il manifesto del sindacato genitori di cui te e Michele sarete un giorno l'anima.

Vai a messa, comunione, confessione? [§2/1294]

E ancora a Elena Pirelli racconta il 24 settembre la genesi ed enuncia un fine, che invece darà titolo alla conclusione della *Lettera* dell'anno dopo:

Abbiamo avuto quest'anno delle durissime bocciature a ragazzi che avevano bisogno di passare. Son quelle che daranno il patos alla lettera che stiamo scrivendo. Gli storici dell'arte fra qualche secolo diranno che la lettera emana un fascino misterioso e avvincente. Guai se sapessero che quel mistero è vendetta vulgaris. [§2/1295]

Non è vero che è «vulgaris»: è il suono della voce della rabbia del povero, a cui perfino il salterio perdona la violenza verbale. Ci torna su il 28 settembre spiegando le sue intenzioni al cognato Erseo Polacco, il fisico normalista collega di Mario Gozzini che gli aveva parlato dello *status* dei ricercatori:

Stiamo scrivendo una grande lettera aperta a una professoressa. I posteri diranno che il testo emana una forza misteriosa. Speriamo che nessuno s'accorga che il fascino misterioso è la rabbia che ci divora e il desiderio di vendicarci delle troie che hanno bocciato Enrico il Biondo e Michele.

Ora fra le altre cosette ci occorre di parlare en passant del fatto che gli assistenti universitari non sono pagati. Non che la cosa ci interessi perché ci occupiamo solo della scuola dell'obbligo, ma solo per dimostrare il carattere razzista dell'attuale scuola di fondo fino in vetta. [§2/1296]

In realtà è ancora agli inizi il lavoro di documentazione per il quale Francuccio Gesualdi viene inviato al ministero della Pubblica istruzione e all'ISTAT a caccia di dati che – non era stato questo il metodo frastornante di *Esperienze pastorali*? – devono dare un quadro spietato della realtà, anche a costo, come scrive a Virgilio Zangrilli il 27 settembre, di non «fare una sola parola» delle elementari di Vicchio di cui questi è direttore:

perché è evidente da troppi dati ormai che non sono nemmeno parenti del resto della scuola italiana. Noi vogliamo parlare delle scuole che non vanno bene non di quelle che vanno bene. [§2/1295]

6

Scrivendo alla mamma, la notte del 30 settembre, gli sfugge qualcosa: una urgenza della scrittura di cui si vanta la velocità, ma anche la fretta del morente che (inconsciamente?) ironizza crudelmente sul contesto di lavoro a un passo dal cimitero dove si è comperato la terra del riposo eterno:

Profitto del silenzio di tomba per lavorare fitto alla lettera. È ormai un vero libriccino e sarà pronto tra altri due mesi (5 in tutto). [§2/1299]

La «vendetta» è di Dio e Dio non conosce mezze misure. Non si risparmia il sarcasmo e la commozione, lo schiaffo e la sfida, la virulenza e l'ingiuria sessista («troia!»), che Fioretta Mazzei ascolta non proprio soddisfatta e che, definendola pudicamente una «esclamazione», verifica sia espunta dal testo, come alla fine sarà. La santa arroganza della *Lettera*, appena bilanciata nella versione finale, che gli allievi attendono da una mitica scuola che riconosca la loro vocazione educatrice, è la prova teologica che il popolo degli umiliati, il «meglio dell'umanità», è fatto di persone che

naturalmente non si arrendono. Due faranno egualmente la III quassù e uno tenta addirittura la licenza. Mi permetto di accluderle un elenco di libri che ci farebbero comodo. Può guardare tra gli omaggi che riceve e mandarci quello che ha?

Nel frattempo stiamo lavorando già da tre mesi alla vendetta. Penso che tra un paio di mesi sarà pronta. È una lettera aperta a una professoressa bocciatrice. I ragazzi ci lavorano con una passione tutta particolare! [§2/1299] µ è cosciente che il «capolavoro», affidato alla LEF come un «libriccino» [§2/1302], susciterà una reazione di cui spera ancora di essere testimone a Natale: lo promette l'11 ottobre 1966 all'avvocato Adolfo Gatti, il difensore nel processo che si concluderà con la sua condanna postuma:

Stiamo lavorando da tre mesi a inguaiarci di nuovo. Un grande lavoro molto più sentito per noi e molto più lavorato che non la lettera ai giudici. Questa, è una lettera a una professoressa (che aveva la vocazione mancata a fare il giudice e il boia come gran parte delle colleghe) che bocciò due miei ragazzi l'anno scorso. Penso che per gennaio sia pronta. [§2/1301-2]

La scuola, infatti, sta lavorando su materiale insolito, come gli atti della Costituente, di cui riferisce all'amico, giornalista della «Nazione», Mario Cartoni, sempre l'11 ottobre:

Ho qui qualche parte della discussione all'Assemblea Costituente sulla scuola. Curioso come i qualunquisti tirassero sempre per un po' meno scuola. Idem ricordo press'a poco del latino (la legge della nuova media è del 31 dic. 62), il MSI cercava di conservarlo.

Lei forse conosce un giornalista parlamentare che è stato dietro a tutte le discussioni.

Il problema è questo. In molti punti della nostra lettera un'infinità di cose della scuola che sono *di fatto* vantaggio dei ricchi ci vien fatto di attribuirle a una cosciente malizia di qualcuno che dall'alto aveva previsto tutto. La cosa ha un che di romanzesco per il lettore. Mi piacerebbe perciò poterci scrivere: Come si spiega allora che per l'appunto lo schieramento politico in occasione della legge tale fu così... (dati esatti fanno più figura) e il deputato tale (MSI o liberale o monarchico) dichiarò addirittura: «...» (frase così caratteristica e breve che meriti trascriverla).

Esempio: pro e contro scuola materna; [pro e contro] latino; [pro e contro] 8 anni di obbligo; [pro e contro] presalario; [pro e contro] edilizia scolastica; [pro e contro] bilancio P.I. e chi più ne ha più ne metta.

La destra DC non interessa perché il discorso va semplificato al massimo. È più semplice fare esempi della destra dichiarata.

Naturalmente per stare sul nostro stile vale più una precisa notizia con sapore di profonda preparazione che una gustosa battuta non dimostrabile.

L'ideale è che sia gustoso e dimostrabile.

Naturalmente più presto arriva e meglio è. [§2/1302-3]

La scrittura collettiva, ovviamente, è solo una tecnica come un'altra: non è un approccio commerciabile, ma un ingranaggio del contesto che funziona perché dietro giganteggia il regista allettato, che il 19 ottobre confessa alla mamma (è la quarta volta nel *corpus* che usa questo avverbio dalle implicazioni cliniche evidenti) di lavorare

febbrilmente alla lettera. Mando spesso i ragazzi a raccogliere dati in diverse scuole e così a scrivere resto spesso solo. [§2/1304]

A novembre inizia a salire qualche ospite per una rilettura comune: la prima è «la Fioretta invitata da me per darci qualche notizia sulla scuola e per leggere un po' della Lettera» [§2/1308] – che rimane però oggetto ufficialmente segretissimo.

A don Bensi, ad esempio, la prima spiegazione la dà il 6 novembre, quando a Barbiana si sa poco o niente della piena dell'Arno e quando l'alluvione ha fatto i suoi morti e i suoi disastri, anche in via Masaccio. Più che una spiegazione è l'*argumentum* per chiedere l'aiuto di uno statistico che dia alla terza parte una solidità scientifica che il malato vuole verificare:

Mi levo dal letto mezz'ora la settimana per la Messa. Da tre mesi lavoriamo a una lettera aperta alla professoressa che bocciò due miei ragazzi l'anno scorso. Verrà un'opera più profonda e più bella della lettera ai giudici. Il tema è la selezione nelle scuole.

Per capirne bene il meccanismo ci siamo ingolfati anche in uno studio statistico. A un certo punto ci siamo persi e ho dovuto mandare un ragazzo a Roma al Ministero della P.I. e all'ISTAT per avere altri dati e chiarimenti. Ne sapevano meno di noi.

Ora sono a chiederle se c'è a Firenze un suo figliolo seriamente specializzato in statistica e se potrebbe chiedergli la carità di passare una giornata quassù e levare dai pasticci un vecchio prete malato o tre o quattro ragazzi volenterosi. Escluso il prossimo mercoledì io ci sono sempre. Il giorno di lavoro è meglio che la domenica.

Al punto in cui siamo non importa che sia specializzato in statistiche scolastiche perché i dati li abbiamo tutti in mano. Basta che controlli la validità dei nostri procedimenti.

Non creda che io stia diventando un verme che crede al regolo calcolatore. Quello che voglio lo so già e ha il volto di un paio di creature che amo. La statistica serve solo a elevare il piagnisteo d'una mamma a pianto corale di 1.064.000 di mamme di bocciati l'anno. La statistica può entrare nell'opera d'arte quando non fa che confermare quello che il cuore aveva già capito prima di metter mano alle cifre. Il suo amico dovrà quindi aiutarci a far dire alle cifre quello che vogliamo noi. Ma non glie lo dica sennò non viene! [§2/1312-3]

Quando capisce il disastro della piena μ esita – come dice alla mamma: «Nei giorni scorsi mi pareva indecente starsene qui a poetare mentre tanta gente soffre» [§2/1316]. Ma poi, dato soccorso nel poco che poteva venire dal Monte Giovi, l'urgenza del cantiere della lettera/gesto prevale, stando bene attenti che nulla trapeli e che le versioni – noi oggi ne conosciamo solo quattro, studiate da Valentina Oldano per l'edizione del Meridiano – non sopravvivano alla furia del regista:

Ho saputo oggi da voi e da lui che Giancarlo vi ha mandato delle pagine della Lettera. È scemo. Le ha levate dal cestino, erano superate. Mi secca molto che siano per il mondo. Fatele a pezzettini. Se riusciamo ad avere qui la Barbara le faremo battere una copia della Lettera apposta per voi. Per ora il suo telefono non funziona e non sappiamo nulla di lei. [§2/1317]

Così scrive a Edoardo Martinelli il 12 novembre, alla vigilia della nuova fase del lavoro che dopo pochi giorni vede rinumerare l'intera serie di capitoletti, alla ricerca di un nuovo ordine; delle nove copie una viene mandata proprio a Edoardo, allora in Inghilterra, con istruzioni molto precise:

la tua lettera mi ha tanto commosso che abbiamo lavorato tutto il giorno per mettere a punto una copia per te. Naturalmente è provvisoria e entro domani sarà già stata superata. Non ti venga perciò in mente di lasciarla alla Clara senza assicurarti che non la copia, non la pubblica, te la rende ecc. Fino a oggi ne tenevamo nove copie, una per me e otto per i ragazzi che lavorano al tavolo davanti a me. Da ora in poi si farà con una di meno.

Naturalmente mi aspetto la tua collaborazione e quella di Mauro che ci ha già lavorato del resto. A questo scopo quasi ogni paragrafo ha un numero scritto in rosso. Dal disordine di quei numeri rossi puoi capire che rimescolii ci sono stati nel costruirla. Ogni proposta di correzione che vuoi fare cita pagina e numero rosso. Se non hai tempo di correggere o proporre nuove soluzioni basta che tu dica «il paragrafo X mi pare poco chiaro» oppure «è una ripetizione di...» oppure «è inutile», «la parola tale al paragrafo Y è troppo difficile per me», oppure «ho l'impressione che diranno...» ecc. Insomma tutto quello che ti viene alla mente scrivicelo.

Tieni presente che pensiamo a lettori genitori di bocciati più che a lettori professori. Quindi il testo deve diventare tutto leggibile per chi ha fatto la quinta o poco più. [§2/1320-1]

Il 15 novembre anche Francuccio Gesualdi ne viene informato:

S'è buttato tutto all'aria e ricucito a forbici e colla. Ora si tenta di rifarlo scorrere dopo tutte queste operazioni chirurgiche che assodano e danno unità di fondo, ma spezzettano e danneggiano in vario modo la scorrevolezza. [§2/1318]

Nella lettera, che ha già una struttura tipografica definita, «ogni giorno cambia qualcosa» [§2/1321] e le prove di lettura coinvolgono il 24 novembre Mauro Turchi che con un *lapsus* rivelatore si rivolge a colui che «l'ha scritta»:

Se l'è letta tutta leccandosi i baffi come un goloso a mangiare qualcosa di buono.

Se avrò lettori attenti come lui la lettera avrà un grande successo. Il suo commento è stato: «Non l'ha mica scritta per i professori l'ha scritta per noi». A pag. 24 c'è la storia di un leader negro Stookly.

S'era letta sul Giorno molto tempo fa. Domandate alla Clara se ne ha sentito parlare perché non sono sicuro *se il nome è scritto così e neanche se è il capo di Black Power.* Attenzione vi ho chiesto due precise notizie e voglio risposta. Qui null'altro di nuovo. Zani ha mandato un facsimile di come verrà il libro. È un formato insolito quasi quadrato e permetterà di stamparci bene alcuni bei grafici che abbiamo preparati.

La misura è segnata in verde su questo foglio. [§2/1324]

Sintesi per don Bensi il 26 novembre: al padre spirituale si sottopone ancora la vecchia soluzione – miseramente fallita ai tempi di *Esperienze pastorali*, massacrato dalla «Civiltà Cattolica» nonostante la prefazione di monsignor Agostino D'Avack – di una premessa che faccia da parafulmine alle polemiche. In prima battuta µ pensa a Bruno Storti, segretario generale della CISL dopo Giulio Pastore, oppure a Mario Romani, l'economista della Cattolica allora direttore del Centro studi della CISL, fondatore dell'Archivio per la storia del movimento sociale cattolico in Italia:

Abbiamo interrotto il lavoro della «Lettera a una professoressa» per il tempo della piena. Poi pian piano con un po' di rimorso per quelli che avranno ben altro per il capo s'è ripreso il lavoro. Verrà un piccolo libriccino da leggersi in un paio d'ore. Ci stiamo lavorando da luglio e ci vorrà ancora del tempo perché mi sono intestato a farlo uscire dalle mani dei ragazzi.

Spero di ottenere una prefazione da Storti o da Romani o da qualche altro grosso sindacalista in modo da restare completamente fuori dall'ambiente della cultura ufficiale e della scuola. Ma per consiglio e per diverse curiosità ci rivolgiamo anche a gente della scuola. La Fioretta prima dell'alluvione mi promise che avrebbe portato su quel prof. Cammelli di cui mi parlò lei. [§2/1326]

Non sappiamo quando Sergio Cammelli (il grecista che aveva fondato la rivista «Genitori», molto legato a Bensi) leggerà la *Lettera* e che giudizio ne abbia dato: non figura in un appunto dove µ elenca i principali collaboratori della lettera [§2/834-5] nel quale si trova invece il docente di statistica Livio Livi – che alla fine il parroco di San Michelino deve aver trovato e che con un collega è protagonista di una gag raccontata a Edoardo Martinelli il 29 novembre:

Vi scuso pensando che state leggendovi la Lettera, ma è già molti giorni che s'è spedita e a quest'ora dovreste saperla a memoria.

Domenica sono tornati i due professori di statistica (non so se vi avevo detto che li avevo cercati tempo fa per consiglio. È la terza volta che vengono). Si son messi al tavolo davanti a me con Giancarlo e Giancarlo ha esposto le nostre ultime difficoltà. Io me ne sono stato tutta la sera disteso in panciolle a godermi lo spettacolo. A un dato punto ho scritto un bigliettino all'Adele: «venga a godersi lo spettacolo di Tranquillo che si mangia gli statistici come panini». Allora è venuta in camera anche l'Adele. Carlo e la Carla dopo due minuti son dovuti andare via dal ridere che gli era preso. Tranquillo, tranquillissimo, stava facendo lezione con un tono umile, sereno, senza accorgersi che lo guardavamo, e quei due poveri professori universitari si profondevano in scuse: «Ma noi ti stiamo facendo perdere tempo. Non riusciamo a esservi di nessun aiuto. Non potrebbe essere che la cosa stia così e così?». E lui tranquillissimo gli faceva notare che era l'ennesima corbelleria che dicevano. Quattro mesi fa Giancarlo era timido e piagnucolone e si considerava un uomo inferiore e sconfitto.

Non mi importava nulla dei conti che non tornavano, mi divertivo troppo per lui. Poi il giorno dopo ha ripreso in mano la situazione lui e ha risolto tutto il problema.

Insomma è un grand'uomo e spero che non vi ingelosirete. Anche voi avete fatto la vostra prodezza e specialmente Mauro, con la poca voglia di partire che aveva. [§2/1328-9]

7

Calcoli, correzioni – «ma mi ci vorrebbe anche qualche giorno di silenzio assoluto per progredire un po' di più» [§2/1329]; poi limature con «gente di poca istruzione per controllare se capiscono tutto» [§2/1334]; controlli e disegni, la ennesima «battitura (non definitiva)» di qualche capitolo [§2/1338]. Intermittenti verifiche e variazioni sull'ordine dei capitoli [§2/1345] ed esame di proposte che poi non accetterà [§2/1350-1], controlli sulla plausibilità della tenuta psicologica dei personaggi portati alla ribalta, specialmente quello di Mauro su cui μ riferisce ancora a Francuccio nell'epifania del 1967:

Ieri è tornato Mauro Turchi per leggere la parte della lettera che ancora non conosceva e per decidere se vuole che cambiamo il nome Mauro o no. In complesso s'è visto che gli piace l'idea di diventare personaggio di fama mondiale e che per questo scopo passa sopra anche all'eventuale figuraccia che vi fa. Domattina ti spediamo la seconda parte. Vedrai che c'è ancora molto da lavorarci.

Oggi siamo stati tutta la sera a leticare con l'Adele che non è d'accordo sul salvataggio finale di Mauro. Dice che fa molto più impressione descrivendolo come un disgraziato fino in fondo. [§2/1344]

La sera del 12 gennaio un piccolo cenno di euforia davanti al consenso della Mazzei, enunciato in coda a un accenno al farmaco per la leucemia:

Stasera è venuta la Fioretta e s'è molto goduta la lettera. Ha fatto qualche osservazione, ma in complesso è molto presa e prevede un baccano d'inferno da parte dei professori.

L'analisi era poco più alta del solito. Così mi hanno aumentato il Myleran per 10 giorni. Per ora Di Guglielmo ha rinunciato a portarmi a Firenze. Non mi par vero perché ho piacere di star qui questo mese a lavorare alla lettera. Magari dopo mentre è in tipografia potrei stare un po' a Firenze. Aspetto da te più osservazioni di quelle poche che hai mandato. Non solo di piccole cose, ma anche sull'ordinamento generale su interi capitoletti che si potrebbero levare ecc.

Il professore vorrebbe che mi levassi qualche ora al giorno. Ma ormai mi sono abituato a questa vita e mi pare fatica. Comunque uno di questi giorni mi deciderò. Michele allegro e sociale. Speriamo che duri. [§2/1345]

Il quadro della fabbrica della lettera, visto dal letto sul quale il busulfano somministrato ad alto dosaggio lo inchioda, appare a μ in una luce operosa e quasi arcadica:

Ho chiesto a Edoardo di prendere a cuore la lettera alla professoressa e di non far altro dalla mattina alla sera. Vorrei che se ne penetrasse talmente da poter poi prendere iniziative, sentirsi responsabile, vivere intensamente questo parto. Penso che non ci rimetterà nulla. Fino a ieri viveva un po' indeciso tra il chiasso e un po' di letture svogliate e qualche piacere a me o alla lettera e mi pareva che sciupasse la vita. Oggi invece era in valvola. Giancarlo seguita a un nuovo lavoro statistico (confronto vecchia e nuova media). La Carla batte a macchina, l'Olga fa un interminabile lavoro statistico sull'età dei bocciati (ci sono arrivati i dati da varie scuole), Edoardo e Guido si son presi una parte per uno e hanno fatto l'elenco completo delle offese alle professoresse. Domani su questo elenco si vedrà se abbiamo esagerato e se sono tutte giustificate. Il Biondo ha 4 pagine (un capitolo delle medie) che sta buttando all'aria. Mauro sta segnando di due colori tutta l'ultima parte delle medie per distinguere negativo e positivo cioè rimproveri e proposte. Da più parti mi hanno detto che l'ultima parte delle medie è un po' pesante. Michele sta rileggendo le sue lettere da Stoccarda perché vuole esserci anche lui. Ne sono ben contento. Aldo ha passato la sera a fare un disegno a china. Cencio a leggerla per trovare parole difficili. [§2/1346]

Il 15 gennaio µ non riesce a nascondere alla mamma il deperimento al quale lo condanna la terapia, ma ne approfitta per comunicarle che l'anziano Giovanni Michelucci, molto ammirato per la costruzione della chiesa sulla Autostrada del Sole iniziata nel 1961, ha accettato di fare una prefazione a un'opera di cui contesta quella durezza che per µ è la professione di fede nella non misurabilità del torto subìto dai subalterni:

Michelucci era molto entusiasta della lettera e pronto a far la prefazione e a farla correggere da noi a nostro piacimento. Aveva solo delle riserve su qualche offesa troppo dura. Ho tentato di fargli capire che la lettera è in continua trasformazione e che può darsi che da qui alla fine tutte le offese siano attenuate o sparite. Ma da questo orecchio non ci sentiva. Forse perché gli pare impossibile che ci lavoriamo ancora. Comunque gli ho promesso che tra un po' gli mando un'edizione ancora più limata. È un uomo umilissimo, autodidatta, deve essere diventato architetto all'epoca in cui gli architetti uscivano dall accademia. Tiene *Esperienze pastorali* sul comodino e ci medita sopra da anni. Domani provo a alzarmi per desinare. In questi giorni non me la sono sentita. [§2/1347]

In realtà la prefazione di Michelucci non ci sarà e non si è neppur certi che quella che si è creduta tale lo fosse davvero: il fatto è che si va avanti, perfino con qualche momento di ilarità da seminario: come quella vissuta con Turoldo e due confratelli saliti a Barbiana il 27 gennaio:

Si sganasciavano dalle risa a ogni parola grassa della lettera. È molto simpatico [Turoldo] e dice che ha ritrovato nella lettera tutta la sua gioventù di montanaro. [§2/1351]

Non manca qualche tentativo di nascondere alla madre la sua situazione, che il 7 febbraio è vicina a un punto di non ritorno: e rispetto a quel traguardo gli importa che il testo non semplicemente «dica», ma «mostri» quella che si potrebbe definire la sua teologia della storia:

Cara Mamma,
il malessere che ho è certo un'influenza sovrapposta a una ondata di malattia non è dunque il caso di muoversi per questo. Ora non ho più febbre la devo aver avuta un par di giorni, ma me la son misurata poche volte. Sto disteso tutto il giorno e ci guadagno anche dal punto di vista della coda che difatti sta meglio. Ho mandato una copia a don Bensi e stasera Michele passa a ritirarla e sentire cosa dice. Altre due copie le ho mandate a Calenzano perché le facciano leggere a molti genitori. Anche qui tutta la famiglia è mobilitata a leggere e decidere cos'è quella cosa che rende pesante la fine della prima parte. E io me ne giaccio in attesa che mi levino questo pensiero senza farmi fare fatica. [§2/1352-3]

Un uomo che riesce «a stare qualche ora a sedere e lavorare al libro» deve poi passare «il resto della giornata disteso» [§2/1354] in attesa che le questioni materiali si risolvano: in un Paese nel quale lo stipendio medio dell'operaio è 86 mila lire, l'editore cerca di cavarsela con la metà delle 100 mila lire promesse (l'equivalente di 142 copie vendute), necessarie a coprire il costo dei tre dattilografi «per il lavoro materiale che son costretti a fare senza imparare molto» [§2/1356]. Ma in sostanza, con un'ultima rilettura dell'avvocato Gatti, il libro a fine febbraio è terminato, dopo due o tre giorni dedicati «24 ore al giorno a questa rifinitura» [§2/1357].

Il 3 marzo, l'ultimo pericolo per μ: Vittorio Zani, l'uomo che aveva subìto il provvedimento di ritiro dal commercio di *Esperienze pastorali* per ordine del Sant'Ufficio, sembra voglia ritrarsi dall'operazione editoriale che non ha né prefatori né autori se non quella «scuola di Barbiana» che solo oggi è cifra di una esperienza e della sua delicatezza. La reazione di μ ormai malato terminale al minacciato forfait della LEF è molto eloquente: per la prima volta in vita sua deve mediare. Deve: se vuole evitare che la sua ultima professione di fede – fede nella uguaglianza possibile come segno messianico e pietra d'angolo della città futura della prosa lapiriana – vada perduta. È una lettera che spiega e argomenta, se non supplica, ed è comunque priva di quella virulenza alla quale μ era abituato.

Caro Vittorio,
la tua lettera mi ha fatto dispiacere. Ho subito mandato un ragazzo a Firenze per farla leggere alla mamma. Nemmeno lei riesce a spiegarsi questo tuo improvviso voltafaccia.

A dir poco tre mesi fa, in sua presenza, ti misi in mano il manoscritto invitandoti a leggerlo. Rispondesti che non lo volevi leggere perché da me lo accettavi a «scatola chiusa». L'espressione è tua e oltre a tutto anche molto gentile. Non era certo scherzosa perché l'hai poi confermata con tutto il tuo atteggiamento successivo. Per esempio hai trattato con me un'infinità di particolari tecnici (carta, carattere, tavole a colori) quali si possono trattare solo a affare concluso. La cosa era così pacifica che l'ultima volta che ci siamo visti s'è fissato che ti avremmo consegnato tutto pronto (testo e disegni) il 28 febbraio.

Avendo dovuto tardare tre giorni ti ho fatto telefonare (per scusarmi del ritardo e per essere sicuro che tu ci fossi) fissando la consegna solenne per oggi. Intendevo che due ragazzi che conoscono a fondo i problemi delle illustrazioni spiegassero a te all'incisore come le vogliamo (dimensioni, direzione ecc.) e che l'incisore dicesse se due dei disegni vanno bene così e eventualmente spiegasse ai ragazzi come correggerli.

Ricordo che per *Esperienze pastorali* le cose si svolsero nello stesso modo. Tu non avevi ancora letto il manoscritto e chiamasti lo zincografo in presenza mia per chiarire questo genere di problemi.

Gli interrogativi legali non li hai posti te. Sono io che te li ho posti (sempre in presenza della Mamma). Ti chiesi di domandare a un legale non un parere sul libro (perché allora ti avrei dato una delle copie dattiloscritte), ma un consiglio sul modo migliore di indicare gli autori e il direttore responsabile. Mi facesti il nome di Melli e ti risposi che è un buon amico ma forse troppo apprensivo. Allora facesti il nome di Meucci e ti dissi di sentirlo pure alto alto. Non ti posso aver promesso di far leggere il libro a Meucci perché non lo stimo capace di dare un consiglio sereno nelle cose che riguardano me. Fra l'altro non lo vedo da più di un anno.

Nel frattempo ho mandato il libro all'avv. Gatti di Roma. È quello che mi ha difeso al processo e è uno dei più grossi nomi nel campo. Ho scelto lui perché lo stimo uomo di grande equilibrio e competenza (fra l'altro è il legale dell'Espresso e lo era del Mondo) e mi ha dato prova, quando preparavamo la «Lettera ai giudici» che non sacrificherebbe una parola d'un'opera d'arte se non per motivi proporzionati.

Gatti ha letto il libro con estrema cura e ho qui il suo responso che ti farò vedere volentieri, quando verrai a trovarci.

Comunque io pensavo di farti un grosso regalo facendoti stampare un libro che per forza di cose farà molto rumore e avrà grande diffusione.

Ho scelto te come editore per amicizia e perché preferisco favorire un piccolo che un grande. Se avessi potuto immaginare (ma tu non me ne davi nessun segno, tutt'altro) che tu avevi dei dubbi o che credevi di fare un piacere a me, avrei cominciato per tempo a cercare un altro. Diverse persone che hanno letto il dattiloscritto me lo hanno consigliato perché avrebbero voluto che il libro fosse lanciato coi mezzi pubblicitari di un grosso editore. Per esempio questo è stato il parere di padre David. Gli risposi che non avevo motivo di fare questo sgarbo a te, né di fare il più piccolo regalo a un grosso industriale amico.

Capirai che in questo momento (volevamo uscire a maggio e tu mi dicesti che due mesi ci vogliono) mi scomoderebbe enormemente mettermi alla ricerca d'un altro editore. Ti prego perciò di venire oggi o alla peggio domani a spiegarmi che cosa ti è successo. Non tardare perché sono in pensiero. Ti prego di venire e non di scrivere perché mi pare (non ti offendere) che a voce ti spieghi meglio.

Non vengo io perché non ce la faccio. Da tempo non vengo a Firenze neanche per l'analisi e il dottore viene a prendermi il sangue quassù. [§2/1358-60]

Zani recede: la LEF va avanti. Il riaggiustarsi dei rapporti con l'editore fa partire la macchina produttiva con bozze ai primi di aprile e sintesi fornita all'amico di sempre, Giorgio Pecorini, il 7 aprile.

Caro Giorgio,

ho avuto ieri le due fotocopie. Stiamo ora correggendo le bozze della «Lettera a una professoressa». L'autore è «Scuola di Barbiana». L'editore Libreria Editrice Fiorentina. Il prezzo circa 500 lire.

Te ne mando una copia dattiloscritta perché tu la legga se puoi e tu la faccia leggere a chiunque ti possa parere utile per il lancio pubblicitario. La destinataria è all'apparenza una professoressa, ma il libro è inteso per i genitori dei ragazzi bocciati e vuol essere un invito a organizzarsi. Ti mando le prime due parti. La terza è fatta solo di grafici statistici e loro note.

Se per caso ti fosse possibile fare un servizio per l'Europeo mi piacerebbe molto perché come ti dicevo i destinatari non sono i professori. Potresti per esempio adoprare un par di fotografie di quelle che fece il tuo cognato e forse chiedermi in esclusiva un capitolo da pubblicare in anticipo all'uscita del libro. È molto volgare? Se sì mi attira in modo speciale.

Se per l'Europeo non puoi far nulla ti prego di rimettere in moto i tuoi amici in altri giornali come per la lettera ai giudici.

Non posso dimenticare quante volgarità ci siamo tirati addosso con la lettera ai cappellani (nessun lancio pubblicitario) e quanta attenta simpatia con la lettera ai giudici (accuratissimo lancio pubblicitario).

Mi ero fatto fare una prefazione dall'architetto Michelucci (stazione di Firenze, chiesa dell'Autostrada ecc.) che è come me un maniaco dell'arte anonima e del lavoro d'équipe. Parlava p. es. dei maestri comacini, dei mosaicisti cristiani, delle cattedrali gotiche, delle ferrovie e dell'Autostrada (ponti ecc.) tutte opere di scuola e non di autore. E poi dei cinema in cui tutti sono abituati a vedere decine e decine di nomi di cui nessuno riesce esattamente a scindere cosa ha fatto ognuno (regista, soggettista, dialogo, fotografia musica costumi attori...). In conclusione si ricorda forse il nome del regista ma è per esempio pacifico che il soggetto cioè il contenuto cioè talvolta il più non è suo.

Ora la prefazione di Michelucci è risultata troppo difficile per i lettori che noi vogliamo e così ho chiesto a quel sant'uomo se potevo non metterla.

Resta però il problema che per me è fondamentale. Io sono in pessime condizioni. Non solo sono a letto da un anno, ma da mesi sono disteso orizzontale e dormicchiante. Stamani colgo un raro momento in cui riesco a star su per scriverti. Se i lettori maliziosi potessero vedermi capirebbero subito che anche in letteratura si può lavorare in équipe come in cinema e in architettura. Ma non possiamo insistere sul patetico. *Mi occorre dunque che un giornale o due diano per scontato che questo è un lavoro dei ragazzi.* Che è un modo nuovo di scrivere e che è l'unico vero e serio. Quello che sembra lo stile personalissimo di don Milani è solo lo stare per mesi su una frase sola togliendo via via tutto quello che si può togliere. Tutti sanno scrivere così purché lo vogliano. È solo un problema di nonpigrizia.

Su questo libro potevamo stare ancora dei mesi e farlo diventare opera d'arte fino in fondo, ma son cose che invecchiano troppo presto e così abbiamo deciso di buttarlo fuori così.

Se vuoi maggiori schiarimenti sulle tecniche del lavoro d'équipe dimmelo. Ma devi fare qualcosa per me. Prima di tutto perché è vero quello che ti dico cioè che il lavoro è tutto dei ragazzi salvo la mia *regia* (ma regia di povero vecchio moribondo). Poi perché non voglio morire signore cioè autore di libro ma con la gioia che qualcuno ha capito che per scrivere non occorre né genio né personalità perché ci sono regole oggettive che valgono per tutti e per sempre e l'opera è tanto più arte quanto più le segue e s'avvicina al vero. Così la classe operaia saprà scrivere meglio di quella borghese. È per questo che io ho speso la mia vita e non per farmi incensare dai borghesi come uno di loro. O peggio per far dire ai maliziosi che ho fatto firmare ai ragazzi per evitare le complicazioni dell'imprimatur. Insomma io non so se son riuscito a spiegarti cosa voglio perché come ti dicevo sono addormentato dalla mattina alla mattina, ma se puoi fare qualcosa per me in questo senso te ne sarò grato. Se non hai capito bene vieni per piacere a rifartelo spiegare a voce. Ci tengo sopra a ogni cosa. È un dovere che ho verso i ragazzi. [§2/1361-3]

«Il libro esce i primi di maggio o poco dopo» diceva un breve P.S. della lettera a Pecorini: e sarà così. Proprio all'inizio di quelle settimane terminali, passate da μ in via Masaccio dalla mamma. La vita sacerdotale è ormai limitata nelle sue manifestazioni esteriori, ma ha accanto don Bensi («voleva che io leggessi alla mamma la passione dei quattro Vangeli perché vedesse come muore un prete cristiano: io un gliele lessi vero» dirà a Enzo Biagi in TV ricordando quei momenti): ma egli è consapevole di aver messo in mano alla LEF un'opera destinata al «successo» perché capace non solo di commuovere le professoresse, ma anche di irritarne una parte, di scatenare irritazioni e illusioni di chi avrebbe visto specchiate nella *Lettera* le proprie fantasie rivoluzionarie o i propri incubi controrivoluzionari. La speranza dell'autore ultimo, di parlare ai babbi e alle mamme di chi in un sistema scolastico inerte avrebbe visto la scuola trasformarsi nel certificatore della propria subalternità, è che sia un successo, come spiegò a Vittorio Zani che ricorda la consegna della prima copia:

Sono andato di persona da don Milani a portargli la prima copia di *Lettera*. Lui, ammalato, stava in via Masaccio con la madre, disteso in una rete per terra. Ha guardato il libro e mi ha chiesto: «Quante copie ne hai fatte?». «Cinquemila» ho risposto. «Bravo bischero!» ha detto. «Le finisci in una settimana!» [§1/829-30n]

Previsione ragionevole e pronostico esatto di una diffusione sbalorditiva: che vedrà crescere le edizioni e presto innumerevoli traduzioni, a partire da quella in spagnolo passata anche per le mani di Jorge Bergoglio in Argentina – «tutti abbiamo letto *Lettera a una professoressa*» ha detto papa Francesco il 23 aprile 2017. Cresceranno anche le voci pensose e profonde delle grandi personalità che si sono chinate sull'opera: da subito alle prese con una *Lettera* alla quale la morte, il 26 giugno 1967, ha sottratto l'autore, lasciando sulla scena questa scrittura cifrata e scivolosa.

Col problema si cimentano i «Quaderni piacentini»: sul numero 31 del luglio 1967 che in copertina recitava *Imperialismo e rivoluzione in America Latina*, prende la parola Giovanni Giudici in un necrologio che intuisce un al di là del testo:

Ha scritto «... io non splendo di santità. E neanche sono un prete simpatico. Ho anzi tutto quel che occorre per allontanare la gente». Giornali che sono spesso prodighi di lodi a ogni profeta integrato del momento hanno ignorato la morte di don Lorenzo Milani, il 26 giugno 1967. La televisione ha fatto sfoggio, per l'occasione, di una «imparzialità» a prova di virgola (nome, cognome, è morto oggi a Firenze), appena scalfita emotivamente dal particolare dell'età: quarantaquattro anni. Ma è bene sia stato così: gli onori militari resi dal nemico non sono desiderabili, specialmente quando chi li riceva sia stato, a sua volta, un vero nemico nei confronti di quello (un'intera società) che sopravvive.

Io credo che questo prete – che aveva «tutto quel che occorre per allontanare la gente» – sia stato un vero nemico di tutto ciò che è nostra colpa non saper odiare abbastanza e con abbastanza tenacia, in noi stessi e negli altri. La lettura del suo libro *Esperienze pastorali* fu per me, nel 1958, un avvenimento decisivo, sulla via di quella chiarezza che, troppe volte sfiorata, troppe volte si trova comodo perdere nuovamente di vista. La grandezza di quel discorso non era nel suo apparente fascino ereticale:

non amo i cultori di eresie *in vitro*, né don Milani (credo) poteva amarli, intuendone il limite piccolo-borghese e l'inevitabile complementarietà al sistema. L'Eresia è nulla senza la Chiesa.

Sotto le mentite spoglie di un'inchiesta sociologica destinata a far sorridere di superiorità tanti inutili sociologi di professione, c'era in *Esperienze pastorali* una profonda percezione politica, la stessa che anni dopo avremmo ritrovato in Frantz Fanon, la stessa che oggi ritroviamo nella *Lettera a una professoressa*, che otto scolari di don Milani hanno di recente pubblicato, ancora sotto la sua guida: «I bianchi non faranno mai le leggi che occorrono per i negri» (ma è un modo come un altro per dire, come tutto diceva in *Esperienze pastorali*, come tutto dice nel meglio di Fanon: i servi non potranno mai esprimersi liberamente nel linguaggio dei padroni; non in quel che ci piace è la verità, ma in quel che ci lacera, pura prosa).

L'argomento immediato di *Esperienze pastorali* erano problemi di cura d'anime; l'argomento immediato di Fanon era la rivoluzione «africana»; quello di *Lettera a una professoressa* è la scuola italiana, la denuncia del suo persistente carattere di classe: ma come in ogni discorso capace di superare i limiti del contingente, i loro argomenti veri vanno ben al di là. [pp. 279-80]

Sempre in quelle pagine Franco Fortini affonda il coltello nella piaga del conformismo dell'«intellettuale cretino», pago di elogiare l'opera per autotutela:

La questione non è dire a chi non l'ha letto che il libro *Lettera a una professoressa* dev'essere letto: basta una pagina e chi ha orecchi intende. Non è nemmeno di dire che è, quasi sempre, eccezionalmente ben scritto: l'intellettuale cretino che lo elogerà è già previsto e d'altronde (come dirò poi) quelle sue qualità di energia immediatezza violenza hanno anche un risvolto negativo. La questione è di sapere a chi e a che cosa serve un libro così.

Si risponde: alla scuola e a tutti. È una parabola, si dice. I personaggi scolari e insegnanti sono figure di tutti noi.

Un momento. La cosa veramente importante è che nessuno di noi leggerebbe il libro se fosse soltanto un contributo ai problemi della scuola dell'obbligo e degli istituti magistrali. Quel che ci fa tenere il fiato è quel passaggio – ora oscuro ora aperto – da un problema particolare, grandissimo quanto si voglia, al tema della rivoluzione-salvezza. Dico subito: è un salto, non un passaggio. Al posto del passaggio c'è un uomo, una disperazione, «una mano tesa al nemico perché cambi», la coscienza delle diseguaglianze, la coscienza; c'è una precettistica stupenda, una retorica di forza classica. Una fede e una letteratura. Non una politica.

Eppure il libro batte e ribatte ad ogni pagina sulla politica come vita. Insiste su alcune verità assolutamente politiche. Fachinelli le ha riassunte benissimo. Che cos'è che non gira?

«Vendi quel che hai e dallo ai poveri» è il precetto. Ai «Pierini» si intima di sparire o di farsi maestri, ossia discepoli. I «poveri» sono, nel mondo intero, i «contadini», gli uomini di un'altra cultura.

La parola populismo è stata usata, questi anni, a torto e a traverso. Se c'è un caso in cui bisogna usarla è questo. Nel senso di: lotta per i valori del mondo subalterno e per l'eguaglianza.

Ma se la rabbia-amore ha da avere un senso e non rischiare il compiacimento non può che essere trasformazione dei rapporti reali ossia rivoluzione esteriore non rivoluzione interiore ossia conversione. Ora per la trasformazione della società (a partire dalla scuola) qui si propone, in sostanza, il volontariato, il «doposcuola classista»; la *vocazione* non l'organizzazione, *l'immediatezza* non il rapporto tattica-strategia.

Gli uomini come Milani e probabilmente tutti i veri uomini religiosi vogliono, come Antigone, essere dalla parte dei morti. Ognuno di noi se conosce e quando misura l'irrimediabilità della sorte singola e anche di quella visibile del gruppo e dell'età umana cui si è toccati in sorte si volge dalla parte dei morti, del non più o del non ancora. Antigone sepolta viva, nella condizione intermedia, nella grotta che comunica con il vuoto sotterraneo, pronuncia per la città leggi nuove.

E non ho da vergognarmi del vecchio privilegio di Pierino, che sa chi era quella ragazza greca: se per un verso gli esclusi, gli oppressi, sono più gravemente esclusi ed oppressi, oggi, proprio perché partecipano, non perché non partecipano, delle conoscenze della borghesia, per l'altro verso i Pierini cresciuti, noi insomma, non scontiamo soltanto la nostra colpa storica nei confronti del mondo «muto» dei contadini con la cecità verso più della metà del mondo ma subiamo la strangolazione, l'immiserimento caotico, la falsificazione.

È difficile valutare questo libro e l'opera di Milani perché è difficile parlare sotto un indice teso. Si rischia di reagire con ingiustizia. È difficile per la natura allegorica, l'ho detto, di queste pagine: può sembrare meschino e incomprensivo contestare – e può essere fatto senza difficoltà – molte affermazioni singole sulla scuola, gli insegnanti, le istituzioni, quando sai che la parola scritta ti chiama a ben altro. Ma d'altra parte la dimensione universalistica del discorso non può non rimandarti alla sua verifica immediata, al suo pretesto di partenza. Ancora una volta, il fascino, la chiamata di questo libro-uomo è nella pratica abolizione dei «corpi intermedi»: per quanto parli di collettività fraterna, senti che Milani ha in cuore l'Uno-Tutti, uniti dal trattino dell'immediatezza. E gli avversari, i nemici di classe devono essere combattuti ma perché cambino, sono in sostanza dei fratelli separati dall'errore e dall'avarizia. A questo proposito vorrei mettere in evidenza per la sua straordinaria genialità e ricchezza la definizione di «opera d'arte» che si legge a pagina 132 [qui alle pp. 108-9]:

«Così abbiamo capito cos'è l'arte. È voler male a qualcuno o a qualche cosa. Ripensarci sopra a lungo. Farsi aiutare dagli amici in un paziente lavoro di squadra.

Pian piano viene fuori quello che di vero c'è sotto l'odio. Nasce l'opera d'arte: una mano tesa al nemico perché cambi.»

L'arte è veduta come mossa da una negazione, da un odio; la verità che ne esce è «mano tesa» e specchio e proposta di cambiamento (il «nemico» sono gli altri, la vita, te stesso...) quindi non è negazione reale e intera ma collaborazione (e in questo si distingue dalla prassi e dall'aut-aut del discorso scientifico...). Ma qui va rilevato soprattutto che «opera d'arte» ha qui anche il suo etimo medievale, artigiano; e che è riferita esplicitamente alla costruzione del libro di cui si parla. Nell'intento dell'autore esso è «mano tesa al nemico perché cambi» ed è «opera d'arte». Si chiarisce qui, fino in fondo, il carattere letterario, nel miglior senso della parola, di questo libro. Esso è *opus rhetoricum*, come uno Specchio di Vera Penitenza o il Quaresimale di Bernardino da Siena. E cade qui opportuno dire che il rovescio dei più forti esiti di questa prosa sta in certi molto sgradevoli effetti d'eco (accenti che debbono aver tradito – mi dice chi l'ha conosciuto – l'uomo Milani, immune di retorica dei sentimenti e della missione); eco, voglio dire, del cattolicesimo di destra, toscano, degli Anni Venti e anche dopo, da «omo selvatico» e da «Cento pagine di poesia», con nomi autentici e meno autentici, certo Tozzi, certo Soffici, esaltazione della durezza contadina, della lingua soda, eco a sua volta di certo Péguy e di certo Bloy, ultimo rivolo della contestazione antiborghese e antidemocratica, su su fino a De Maistre.

Ultimo? Chi, come me, non ha fatto che mettere in guardia, con se stesso, i propri amici dall'inganno storico che riducesse la rivoluzione alla eredità democratico-giacobina e poi positivistica del marxismo, e poi dalla sua filiazione inevitabile, l'eurocentrismo operaistico, dovrebbe riconoscere e riconosce infatti nell'accento di un libro come questo il timbro d'una nuova lega metallica, risonante, come scrive Fachinelli, ai quattro angoli del mondo, nella volontà, entusiastica o ironica, di unire attimo e illimitato, fraternità e felicità, rifiuto del consumo e consumo di se stessi: «*perché anche io ti amo, o Eternità*». Eppure – eppure sente di dover dire che qui, in questo libro e probabilmente in molti dei movimenti e dei momenti che oggi corrono il mondo, c'è o almeno prevale un aspetto dell'autentica passione religiosa e rivoluzionaria: l'aspetto della «nazione», del «popolo scelto», della «città dei santi». Quanto più si insiste sul momento del «tutti», più si privilegiano i poveri, gli oppressi, gli «idioti», insomma gli eletti. La «cultura» dei «padroni» appare come qualcosa che contamina, sostanzialmente inutilizzabile (basta notare come il discorso annaspa, nelle sue analisi e proposte, quando si passa dalla Media Unica alle Magistrali: e peggio accadrebbe se parlasse di altri tipi di scuole). Insomma, qui si separano gli uomini troppo e troppo poco: troppo, nella misura in cui non si vuol vedere che la ideologia dominante pervade tutto il linguaggio e non ne esenta il parlar comune (onde ogni docente è, per posizione, bilingue e traslatore); troppo poco, perché la distruzione degli avversari è vista, amorevolmente e cristianamente, come una mano tesa per entrare nella square dance della fraterna gioia non come un processo, molto concreto, di spoliazione, perdita di diritti e di privilegi, immiserimento, umiliazioni, suicidi e fucilazioni. C'è, in fondo, un ottimismo disperato, quello di tutti i momenti catari della storia religiosa, di tutte le città assediate: «Ho li testimoni qui a Firenze. Io conosco che questa mattina io sono pazzo... bisogna combattere contro duplice sapienza... contro duplice scienzia... credimi che il coltello di Dio verrà e presto».

So di aver appena sfiorati alcuni dei temi che questo libro-uomo suggerisce. Ma mi è chiaro che Milani è della specie d'uomini cui lo sterminio dei viventi e quello dei trapassati, l'irrecuperabilità degli *individui*, spinge alla rivoluzione che dovrebbe, nell'ordine della storia, salvarli. Ma è l'antico Iddio, non la storia, a salvare gli individui; la storia, se mai, potrà «salvare» la specie; e allora la «politica» sarà, necessariamente, il contrario di ogni abbreviazione, la «rivoluzione» il contrario di ogni entusiasmo, la «felicità» il contrario di ogni illusione. Chi non regge, scelga la mezza fede, la deviazione estetica, la morte-vita immediata. Altrimenti non resta che il lavoro senza luce e senza alcuna speranza immediata, che è della politica autentica; e che a nulla somiglia tanto quanto la fede autentica e la poesia vera. [pp. 276-9]

È solo un inizio, complementare al terzo saggio di quel fascicolo in cui Elvio Fachinelli coglie nella *Lettera* la denuncia che dovrebbe costringere i lettori avvertiti a riconoscersi come prodotti di una selezione che ha reso i Gianni «muti» e i privilegiati «ciechi».

Arriverà puntuale, come desiderato da μ, Giorgio Pecorini – il suo primo grande articolo esce su «L'Europeo» il 27 luglio col titolo *La vostra scuola non ci serve* – a sottolineare la profondità della denuncia e della analisi che presuppone la *Lettera*, ormai condannata dalla morte del profeta a diventare una lettera sulla scuola e non una profezia sulla redenzione.

Questione che appassionerà le 82 recensioni del primo anno e il diluvio di interventi, pro e contro la *Lettera*, che si susseguono in una rassegna stampa interminabile. Prendono progressivamente voce gli allievi della scuola – a partire dalle *Testimonianze* di M. Ballini, M. Rosi, G. Pelagatti, A. Burberi, P. Landi, F. Gesualdi, L. Carotti e G. Pecorini, apparse in «Momento» a metà gennaio 1968 – che innescano e rispondono all'analisi di Pier Paolo Pasolini su *La cultura contadina della scuola di Barbiana* [pp. 58-61], frutto di un incontro pubblico non facile, alla Casa della Cultura a Milano, dell'ottobre precedente.

Pasolini non vede µ: vede il testo, vede i ragazzi. Dunque abbraccia e contesta il «meraviglioso idealismo» della scuola così come lo legge, ma ne denuncia l'«improvviso ripiegamento su qualcosa che vorrei definirvi "concreto idealistico"», che altro non è se non «un certo riduttivismo tipico di quella famosa moralità contadina, diventata poi piccolo-borghese nella fase paleo-industriale, che in Italia dà come prodotto il qualunquismo». Si schiera con Gianni, ma invita a «essere nella coscienza quello che egli [Gianni] è nell'incoscienza, cioè dovete rendervi conto che il mondo contadino da cui provenite è circoscritto, parziale, particolaristico, e voi dovete superarlo in tutti i suoi fenomeni».

Però – Pasolini è Pasolini – enuncia una sintonia che non è solo con la *Lettera* o con la scuola, ma proprio con µ:

> Ma voi sapete che c'è un motto meraviglioso, della nuova sinistra americana, in cui si dice che bisogna gettare il proprio corpo nella lotta: ebbene fate conto che, invece che a parlare, io sia venuto qui a portare il mio corpo.

Era esattamente ciò che la *Lettera* doveva essere per il testatore che la pensa, la dirige, la orchestra: il sudario di un corpo portato come gesto e segno profetico. Per questo *Lettera a una professoressa*, pur essendo l'opera più fortunata del repertorio milaniano, non è la sintesi, né la parte migliore o più importante di µ: è l'ultimo respiro di un'opera d'arte che ha due lati e due punti di vista. µ ne aveva dato segno a Francuccio Gesualdi nei giorni di felicità per l'arrivo delle bozze, il 4 aprile 1967:

> profitto del fatto che stasera sto meglio per scriverti io. Stasera ho provato a mettere un disco di Beethoven per vedere se posso ritornare al mio mondo e alla mia razza e sabato far dire a Rino: «Il priore non riceve perché sta ascoltando un disco». Vedo invece che non me ne importa nulla. Volevo anche scri-

vere sulla porta «*I don't care più*», ma invece me ne *care* ancora molto, tanto più che domenica mattina quando avevo deciso di chiudere ogni bottega (scolastica e parrocchiale) Dio m'ha mandato Ferruccio e Enzo e una fila d'altri ragazzi di San Donato come per dire che devo seguitare a amare le creature giorno per giorno come fanno le maestre e le puttane. [§2/1360-1]

Il figlio malato ormai vicino alla resa, il prete trafitto da un ceto ecclesiastico deficiente e indemoniato [§2/1234], l'imputato d'un processo penale che lascia un'ombra non cancellata sulla giustizia italiana, ha vissuto la sua esperienza profetica fino in fondo: dimostrare *in corpore vili* o se si vuole nel corpo profetico che precede la strozzatura del «concreto idealistico» còlto da Pasolini la vulnerabilità della esclusione e della indifferenza al male.

Se un prete morente e un manipolo di ragazzi timidi e intimiditi possono reagire alla ingiustizia atavica (la «circonvenzione» denunziata a Gian Paolo Meucci [§2/427]) e mostrarne la fragilità, allora l'annuncio evangelico non è condannato a essere guardato come una oppiacea ipocrisia e non avrà come esito definitivo quello di vedere gli spacciatori di questa consolazione mondana «uccisi dai poveri», che «non è un glorioso martirio» [§1/480]. È possibile una attesa del Vangelo che legge nell'oggi il tempo ultimo: e in questo *eschaton* reso vicino dalla prossimità fisica dei poveri permette al profeta di compiere il suo gesto.

Di tutto questo la «fortuna» della *Lettera a una professoressa* farà a meno: sarà divorata da generazioni che sentono la forza con cui mette in discussione la storia di chi è in grado di leggerla. Se questo accade è un bene.

Di tutto il resto e della carica messianica nascosta dentro un'opera che si può leggere senza chiedersi cosa dica «alla scuola», ma a una Chiesa e una umanità che davanti alla sete di giustizia deve scegliere fra il gesto del potere e il gesto del profeta, la Chiesa e l'umanità hanno fatto a meno. Anche se accade questo è un bene?

Indice

«Lettera a una professoressa»
Scuola di Barbiana
Oscar
Mondadori Libri

Questo volume è stato stampato
presso ELCOGRAF S.p.A.
Stabilimento - Cles (TN)
Stampato in Italia. Printed in Italy